KiWi 342

*Das Buch*
*Severina* ist Ignazio Silones letztes Werk, an dem er bis wenige Tage vor seinem Tod arbeitete, das er aber nicht mehr vollenden konnte und das von seiner Witwe Darina nach Aufzeichnungen des Autors einfühlsam fertiggestellt wurde. Der Text liest sich in seiner Aufrichtigkeit wie ein Testament des Autors.
Mit Severina steht zum ersten Mal eine Frau im Mittelpunkt eines Werkes von Ignazio Silone. Die junge Nonne ist Lehrerin an einer Klosterschule in einer kleinen Stadt in den Abruzzen und gerät, couragiert und in ihrer Ehrlichkeit unbestechlich, schon bald mit den staatlichen und kirchlichen Autoritäten in Konflikt. Sie ist die einzige Augenzeugin bei einem Zusammenstoß zwischen Polizei und Arbeitern, bei dem ein junger Mann getötet wird. Severinas Aussage vor Gericht belastet die Polizei und ist für ihre Schule von Nachteil. Sie besteht aber auf ihrer Meinung und verläßt, zunehmend von Zweifeln über ihre Berufung erfüllt, das Kloster. Sie will sich nicht das Recht nehmen lassen, sich über Ungerechtigkeit zu empören, auch wenn sie dafür in Kauf nehmen muß, keine andere Stelle mehr zu finden. Bei einer Demonstration von Arbeitslosen, der sie sich engagiert anschließt, trifft sie die verirrte Kugel eines Warnschusses und verletzt sie tödlich.
In der Geschichte von Severina hat Ignazio Silone noch einmal die Ideen seines Werks und seines Lebens zusammengefaßt – die des Christen ohne Kirche und des Sozialisten ohne Partei. *Severina* ist ein beeindruckendes Dokument.

*Der Autor*
*Ignazio Silone* (eigentlich Secundo Tranquilli), geboren 1900 in Pescina in den Abruzzen, gestorben 1978 in Genf. 1921 Mitbegründer der KPI, aus der er 1930 austrat. 1930 bis 1944 Emigration in die Schweiz. Silone war einer der literarischen Vertreter des italienischen Neo-Realismus.

*Weitere Titel bei k & w*
*Wein und Brot,* KiWi 55, 1984. *Eine Handvoll Brombeeren,* KiWi 80, 1985. *Fontamara,* KiWi 83, 1985. *Der Fuchs und die Kamelie,* KiWi 115, 1986. *Das Geheimnis des Luca,* KiWi 172, 1988. *Notausgang.* Mit einem Vorwort von Franca Magnani, KiWi 241, 1991. *Der Samen unter dem Schnee,* KiWi 326, 1993.

Ignazio Silone

# Severina

Mit einem Vorwort von Elke Heidenreich
und einem Nachwort von Darina Silone

Aus dem Italienischen von Ragni Maria Gschwend

Kiepenheuer & Witsch

2. Auflage 1998

Titel der Originalausgabe *Severina*

Aus dem Italienischen von Ragni Maria Gschwend

Umschlaggestaltung Manfred Schulz, Köln
Umschlagfoto Tano Citeroni
© Harenberg Kommunikation, Dortmund
Satz Fotosatz Froitzheim, Bonn
Druck und Bindearbeiten: Clausen & Bosse, Leck
ISBN 3-462-02345-4

## *Vorwort zur deutschen Erstausgabe*

Daß »Severina« jetzt auch in deutscher Übersetzung vorliegt, ist nicht nur deshalb wichtig, weil wir damit Ignazio Silones letzten Text endlich lesen können. Es ist wichtig, weil dieser Autor aktueller ist als je zuvor. Der ihm wesensverwandte, 1993 verstorbene Schriftsteller Hans Sahl fragte in einem seiner letzten Aufsätze in der ZEIT: »Ist die Stunde Silones gekommen?« Wenn wir bedenken, daß nach dem Zusammenbruch der Ideologien die soziale Frage nicht nur nicht verschwunden ist, sondern sich brennender als je stellt, wenn wir sehen, wie moralische Autorität in Staat und Kirche schwindet, wenn wir den Verlust von Heimat betrauern – dann ist Silone aktueller als je zuvor. Ja, seine Stunde ist gekommen.

Er selbst bezeichnete sich einmal als »einen der besiegtesten Menschen unserer Zeit« – Sozialist ohne Partei, Christ ohne Kirche, Renegat ohne Vaterland, zu Hause nur noch in der Literatur, Schreiben wurde für ihn der »letzte, in der Verzweiflung aufgesuchte Zufluchtsort«. Ach, hätte er, der im August 1978 starb, nur ein gutes Jahrzehnt weitergelebt – er hätte sehen können, wie sehr er am Ende mit seinen schmerzlichen Prophezeiungen recht behalten hat.

Traurig schrieb er in seinem Nachwort zu »Wein und Brot«: »Mit den Jahren hat in mir die Abneigung gegen jede Art von Propaganda zugenommen. Was bleibt am Ende übrig von dem vielen Geschwätz über das ›Engagement‹ eines Schriftstellers? Das einzige ›Engagement‹, das Achtung verdient, entspricht einer persönlichen Berufung.«

Davon handeln all seine Bücher, auch dieses letzte: von der persönlichen Berufung zu Aufrichtigkeit, Mut, Wahrhaftigkeit auch gegen staatliche und kirchliche Autoritäten.
Und so sagt auch Severina, die einfache Ordensschwester aus den Abruzzen, vor Gericht nicht das aus, was man bequemerweise von ihr erwartet, sondern das, was sie wirklich gesehen hat, denn »keine Berufung ist wahr, wenn sie die Aufopferung des eigenen Verstandes verlangt. Kein Gehorsamsgelübde ist gültig, wenn es sich gegen das Gewissen richtet.«
Als Severina den Orden verläßt, weil sie den Glauben verloren hat, bleibt ihr doch die Hoffnung auf eine gerechtere Welt und eine wahrhaftigere Kirche – sogar noch im Angesicht des Todes.
»Wo bleibt die moralische Entrüstung der Kirche über die wirklichen Skandale auf der Welt?« fragt Severina einmal einen Priester, der wie sie glaubt, daß der Stellvertreter Christi auf Erden nicht ein Mann in Rom ist, sondern das unbeirrbare menschliche Gewissen. Historisch gesehen ist Severina damit in guter Gesellschaft – schon immer wurden die am heftigsten verfolgt, die unangenehme Wahrheiten sagten. Silone hat sein ganzes Leben darunter gelitten – ausgeschlossen aus Kirche und Partei, geflohen vor den Faschisten, unerwünscht im Nachkriegsitalien. Aber er hat nie nachgelassen, in seinen Büchern – auch in diesem letzten – sein eines großes Thema zu behandeln: die Welt, so wie sie ist, nicht zu akzeptieren, Forderungen an sie zu stellen, dabei wahrhaftig zu bleiben bis zum Einsatz des eigenen Lebens.
Hans Sahl stellt Silone in die Nähe des großen Moralisten Montaigne. Er selbst sieht sich bescheidener: Er sei einfach von Natur aus beharrlich, schreibt er im Vorwort zu »Fontamara«: »Wenn es in meiner Macht stünde, die geschäftlichen Gepflogenheiten im literarischen Bereich zu ändern, würde ich gern mein Leben damit verbringen, immer die-

selbe Geschichte zu erzählen, in der Hoffnung, daß ich sie am Ende vielleicht verstehen und verständlich machen könnte. So wie es im Mittelalter gewisse Mönche gegeben hat, die ihr Leben lang das Angesicht des Heilands malten, immer wieder dasselbe Gesicht, und doch nie dasselbe.«

Silone wußte, von Krankheit gezeichnet, daß »Severina« sein letzter Roman sein würde, er nannte es »romanzetto«, Römänchen, und alles in allem blieben ihm nur drei Monate, um es zu skizzieren – im Frühjahr 1978, als er zusammen mit seiner Frau Darina die tragischen Ereignisse um Entführung und Tod des Aldo Moro im Fernsehen verfolgte. Er nahm bis zuletzt am politischen Geschehen teil, und er schrieb – bis zu seinem Gehirnschlag am 18. August, vier Tage vor seinem Tod.

Etwa ein Jahr später ordnete seine Witwe die nachgelassenen Manuskripte. Viele Kapitel von »Severina« waren bereits fertig getippt und korrigiert, andere mußten durch Einfügen handschriftlicher Notizen ergänzt werden, aber alles in allem liegt das »Romänchen« hier wohl so vor, wie der Verfasser es entworfen hatte – vielleicht ohne den letzten künstlerischen Schliff, den er ihm bei einer Überarbeitung noch hätte geben können. Aber es ist ein starkes und anrührendes Plädoyer für eine einzige und unteilbare Wahrheit entstanden, geradlinig und schnörkellos erzählt und darum schön: »Wahrheit und Schönheit waren für Severina immer untrennbar miteinander verbunden gewesen.« Diese kompromißlose Liebe zur Wahrheit stellte – historisch gesehen – sowohl Severina als auch Silone in gute Gesellschaft, aber in der Gegenwart des persönlichen Schicksals führte sie zu großen Problemen – bei der Romanfigur wie ihrem Autor.

Auf knapp hundert Seiten sind in »Severina« die Grundmotive von Silones Buch verdichtet zum Extrakt des einen Buches, »das jeder Schriftsteller in der Seele trägt«. Das Seelenbuch des Ignazio Silone zeigt ihn als großen politischen und moralischen Mahner und als Schriftsteller von beeindruckender ethischer Intensität. Solche Stimmen sind in der Literatur der Gegenwart sehr selten.

*Elke Heidenreich, Köln, Januar 1994*

Alle in diesem Werk auftretenden Personen sind erfunden, und jede Ähnlichkeit mit wirklichen ist rein zufällig.

# 1

Damals war der Spiritual des Mädcheninstituts »San Camillo de Lellis« in dem alten Marktflecken Civitella dem Namen nach noch Don Gabriele Barbati. Doch er kam seinen Seelsorgerpflichten mit immer geringerem Eifer nach. Zum Schluß machte er sich nicht einmal mehr die Mühe, das bißchen Post, das für ihn an die Adresse der Schule kam, abzuholen – es blieb unerledigt in der Pförtnerinnenstube liegen. Die gleiche Nachlässigkeit zeigte er im übrigen auch bei seinen Aufgaben als Gemeindepfarrer.
Niemand schrieb dieses Verhalten seinem Alter zu (er war zwar nicht mehr jung, aber auch noch nicht alt oder gebrechlich), vielmehr sah man darin eine negative Veränderung seines Charakters, die sich nicht genau erklären ließ. Bei vielen Gläubigen war es daher zur Gewohnheit geworden, sich in religiösen Angelegenheiten von einer gewissen Bedeutung nur noch über seine alte Mutter, Donna Adele, an ihn zu wenden; nur wenn sie etwas versprach, bestand eine gewisse Aussicht, daß die Verpflichtung auch eingehalten wurde.
Als Donna Adele starb, empfanden das daher viele als einen Verlust für die gesamte Pfarrei. Daß der Sohn bei der Beerdigung fehlte, wurde damit entschuldigt, er sei krank, aber wenige glaubten es. In der Kirche von San Camillo drängten sich am Tag der Beerdigung die Leute, in der Mehrzahl ältere Menschen, die beim Hereinkommen als erstes vergeblich unter den Anwesenden nach dem Priestersohn suchten. Das einzige Bemerkenswerte in der Kirche waren ein paar Stuhlreihen, die von den Schwestern des benachbarten Instituts besetzt waren, unter ihnen die Mutter Oberin, die nur

selten ausging (und tatsächlich war sie auch auf eine junge Nonne gestützt in der Kirche erschienen).
Der ernste, getragene Ton der alten Orgel und die Anwesenheit der Klosterfrauen verliehen dem Gottesdienst eine gewisse Feierlichkeit. War es im Kirchenraum anfangs noch halbwegs kühl, so änderte sich das schon bald durch die Menge der Gläubigen. Daher zogen es vor allem die Männer vor, in der Nähe der Eingangstür stehenzubleiben, die wegen der Schwüle offengelassen wurde. Die Totenmesse hielt ein junger Geistlicher, den das bischöfliche Ordinariat geschickt hatte und den keiner kannte. Auch das kam vielen merkwürdig vor, daß man einen fremden jungen Priester kommen ließ, um eine alte, so eng mit der Kirche verbundene Frau zu beerdigen.
Wie üblich saßen oder kauerten die Frauen um den aufgebahrten Sarg herum, während die Männer standen. Vor allem die älteren Frauen, die die Verstorbene gekannt hatten, priesen laut ihre Verdienste. Das galt nicht als Störung des Gottesdienstes, es gehörte vielmehr dazu, auch wenn die Lobreden manchmal etwas zweischneidig erscheinen mochten: »Wie viele Opfer hat doch die gute Seele in ihrem Leben gebracht«, sagten sie. »Die heiligmäßige Frau hat bekommen, was sie haben wollte: einen Priester in der Familie.« »Was hat sie nicht alles auf sich genommen, um den Sohn Pfarrer werden zu lassen.« »Aber die Berufung hat die Mutter gehabt, nicht der Sohn.« Angesichts der Wendung, die diese Lobreden zu nehmen begannen, wurden die Frauen schließlich von der Mutter Oberin (die bei allen, auch bei denen, die sie nicht persönlich kannten, in großem Ansehen stand) zum Schweigen gebracht. Bei den Männern wurde dagegen nur etwas von einer angeblichen Abneigung Don Gabrieles gegen Totenfeierlichkeiten gemunkelt, aus der man keine weiteren Folgerungen zog.
Als der Gottesdienst zu Ende war, folgten viele, bevor sie

die Kirche verließen, dem Beispiel der Mutter Oberin und kondolierten Maria Filomena, der alten Haushälterin der Verstorbenen. Man wußte, daß sie schon als junges Mädchen zu ihr gekommen war und sozusagen zur Familie gehörte.
»Ich bitte Sie, Don Gabriele auszurichten«, sagte die Mutter Oberin zu ihr, »daß ihm heute nachmittag zwei Schwestern unseres Instituts einen Kondolenzbesuch machen werden.«
»Ich weiß nicht, ob er sie empfangen wird«, murmelte Maria Filomena.
Da jedoch keine gegenteilige Nachricht eintraf, beauftragte die Mutter Oberin gleich nach der Vesper zwei Lehrerinnen der Schule damit, Don Gabriele das Beileid auszusprechen. »Schließlich ist er immer noch unser Spiritual«, sagte sie.
Die beiden Nonnen, Schwester Gemma und Schwester Severina, waren zwar grundverschieden, hingen jedoch sehr aneinander, ohne selbst genau zu wissen, warum. Schwester Severina hatte schon früh ihre Mutter verloren, und als sie ins Kloster eintrat, nahm Schwester Gemma sie voll mütterlicher Gefühle unter ihre Fittiche. Diese Schwester Gemma, Lehrerin für Musik und Religion sowie Sekretärin des Instituts, gehörte zu den ältesten Nonnen des Hauses; sie war sehr fromm und stand den materiellen und organisatorischen Problemen, die eine große Schule mit sich bringt, völlig gleichgültig gegenüber – ein Grund, weshalb es die Mutter Oberin für angebracht hielt, gerade sie mit dieser Aufgabe zu betrauen. Schwester Severina dagegen war eine der jüngsten Nonnen und sah fast selbst noch aus wie eine Schülerin. Sie unterrichtete Latein und italienische Literatur und war aufgrund ihrer Bildung und ihrer Disziplin allgemein geachtet.
Inzwischen drohte das Wetter umzuschlagen; ein Schirokko war aufgekommen, der auf den Straßen weiße Staubwolken hochwirbelte. Don Gabriele wohnte nicht weit vom Institut in einem kleinen, einstöckigen Haus mit einem Gärtchen, in dem wenige, aber sorgsam gehegte Blumen wuchsen. Der

Pfarrer selbst öffnete den Besucherinnen die Tür und ließ sie eintreten, wobei er ihren Gruß kaum erwiderte.

Don Gabriele wirkte gealtert, vielleicht weil er sich seit einigen Tagen nicht mehr rasiert hatte und einen zerknitterten Hausrock trug. Er führte die Gäste durch die Wohnstube, die bis zum Vortag als Aufbahrungsraum für die Verstorbene gedient hatte, in sein kleines Arbeitszimmer und ließ sie am Fenster Platz nehmen. Während Schwester Gemma anfing, die dem Umstand angemessenen Worte zu sagen, worin sie sehr erfahren war, schien Don Gabriele nur darum besorgt, für Schwester Severina einen Platz zu finden, an dem es nicht zog. Aus Rücksicht auf die ältere Mitschwester suchte diese abzuwehren, denn Zeit und Ort erschienen ihr nicht passend, irgendeine besondere Aufmerksamkeit für sich in Anspruch zu nehmen.

Als jedoch Schwester Gemma auf die Gebetsandachten für die Seele der verstorbenen Donna Adele zu sprechen kam, an denen sich die Schwestern beteiligen wollten, wandte sich Don Gabriele zu ihr und fragte:

»Ach, es sollen Andachten gehalten werden?«

Schwester Gemma schwieg einen Augenblick verlegen, sah ihre Mitschwester an und fügte dann etwas verunsichert hinzu:

»Ich meine die hergebrachten Gebete, um die Zeit zu verkürzen, die sie bei den armen Seelen im Fegfeuer verbringen muß. Die Lehre der Kirche läßt darüber ja keinen Zweifel.«

Don Gabriele schwieg nachdenklich mit gesenktem Kopf, und diese Haltung ließ sich auch dem Schmerz über den erlittenen Verlust zuschreiben. Schwester Gemma hielt es daher für ihre Pflicht, mit sanfterer und überzeugenderer Stimme das Thema weiterzuführen und die Meinung eines berühmten Jesuiten-Theologen zu zitieren, der behauptet hatte, daß sich jede Seele, auch die frömmste, notwendigerweise einer gründlichen Läuterung unterziehen müsse, bevor sie vor Gottes Thron erscheinen dürfe.

»Ach, wenn es um so was geht«, entschlüpfte es Don Gabriele, »dann wissen die Jesuiten genau Bescheid. Ganz besonders der heilige Robert Bellarmin, auf den Sie sicherlich anspielen und der tatsächlich ein Spezialist für Fegfeuerfragen war. Aber das ist ein paar hundert Jahre her. Hin und wieder gelingt es der Kirche, einige ihrer Lehren, die nicht auf Christus zurückgehen, zu modifizieren. Schon seit geraumer Zeit zum Beispiel ist der Limbus offiziell abgeschafft worden.«

Schwester Severina, die die Worte des Geistlichen auf ihre Weise auslegte, warf der älteren Mitschwester einen flehentlichen Blick zu, den Besuch doch möglichst rasch zu beenden. Aber Schwester Gemma beharrte mit wohlwollender Geduld auf dem Thema:

»Im übrigen werden Sie bestätigen müssen, daß es sich dabei nicht nur um theologische Meinungen handelt, seit es über die Existenz des Fegefeuers unanfechtbare materielle Beweise gibt.«

Don Gabriele schien aus seiner Teilnahmslosigkeit aufzuwachen und fragte:

»Sie meinen wohl das sogenannte Fegefeuermuseum, das sich in einer römischen Kirche befindet? Also, das ist kein richtiges Museum mehr, da gibt es nur noch ein paar Schaukästen mit einigen angesengten Gegenständen, Kleidungsstücken mit Abdrücken von Feuerhänden, Sachen, über die, wie soll ich sagen, die Kirche heute lieber nicht mehr redet.«

Schwester Gemma schaute ihre Mitschwester bestürzt an. Die Kirche sollte sich der Wahrheit schämen? Doch Schwester Severina tat so, als würde sie den Blick nicht bemerken.

»Entschuldigen Sie bitte«, sagte Don Gabriele rasch, »ich habe ja ganz vergessen, daß ich zu Klosterfrauen spreche. Reden wir von etwas anderem.«

»Warum müssen Klosterfrauen wie kleine Kinder behandelt werden?« protestierte Schwester Severina, die keine Angst vor prekären Themen hatte. »Warum spricht man nicht offen über dieses Museum? Warum ist es nicht ein Ort der Forschung, der Wallfahrt? Oder aber: Warum wird es nicht geschlossen, aufgelöst, abgeschafft?«

Schwester Gemma dagegen war rot vor Verwirrung: Sie mußte ihre These verteidigen, aber mit welchen Argumenten? Mit denen der Kirche? Aber wenn gerade diese den Priester zweifeln ließen?

Don Gabriele seinerseits begriff zu spät, daß er sich auf eine heikle Diskussion eingelassen hatte, aus der er sich nun schwer wieder zurückziehen konnte.

»Bei meiner letzten Reise nach Rom«, fing er etwas unsicher zu erklären an, »habe ich die Kirche, dieses sogenannte Museum, besucht. Der Geistliche, der die Aufsicht darüber führt, zeigte mir die entsprechenden Schaukästen und erklärte mir nach langem Zögern, er habe sie so vorgefunden, wie sie jetzt dastünden. Die Verehrung, deren Gegenstand sie in der Vergangenheit waren, habe sie in irgendeiner Weise geheiligt.«

»In was für einer Weise?« fragte Schwester Severina, die nun entschlossen schien, die Unterhaltung fortzuführen. Aber in diesem Augenblick trat die Haushälterin Maria Filomena ins Zimmer, die, nachdem sie die Nonnen gebührend begrüßt hatte, den Kaffee servierte. Von Don Gabriele zum Bleiben aufgefordert, fing sie an, vom Wetter zu reden:

»Eine solche Schwüle hat es seit vor dem Krieg nicht mehr gegeben.«

Inzwischen war der Schirokko noch heftiger geworden, und die beiden Nonnen drängten zum Aufbruch, um dem Gewitter, das jeden Moment loszubrechen drohte, zu entkommen.

»Wir werden unser Gespräch über das Fegefeuer ein andermal mit größerer Ruhe fortführen«, sagte Schwester Gemma zu Don Gabriele, als sie sich verabschiedete.

Vor dem Weggehen lieh sich Schwester Severina noch ein paar Bücher aus, die sie auf Don Gabrieles Schreibtisch entdeckt hatte.
Der Besuch hatte Schwester Gemma zutiefst aufgewühlt.
»Hattest du auch diesen Eindruck von Trostlosigkeit?« fragte sie die Mitschwester, sobald sie auf der Straße waren.
»Ja, er leidet sehr«, erwiderte Schwester Severina. »Er braucht jetzt unsere Zuneigung mehr denn je.«

## 2

Auf ihren schwarzen Stock gestützt und humpelnd wegen des Leidens, das sie seit Jahren quälte, erreichte die Mutter Oberin mühsam ihren Platz am Schreibtisch ihres Arbeitszimmers. Mit einer Handbewegung forderte sie Schwester Severina auf, sich ihr gegenüberzusetzen. Der kleine Raum war von einer Lampe mit grünem Schirm spärlich erleuchtet, die neben einem elfenbeinernen Kruzifix auf dem Tisch stand. Die Oberin sah aus wie eine dicke, energische alte Bäuerin. Die junge Schwester wirkte noch magerer und blasser als sonst.

»Wie fühlst du dich heute? Hast du Fieber gemessen?« fragte die Oberin besorgt.

»Danke, es geht mir gut«, antwortete Severina eher ausweichend.

»Darüber unterhalten wir uns noch«, sagte die Oberin. »Zunächst müssen wir aber unser Gespräch über das Ermittlungsverfahren wegen dieser üblen Sache zu Ende führen, die auf unserem kleinen Platz passiert ist. Ich will dich nicht an meine bösen Vorahnungen erinnern, in denen ich genau so etwas habe kommen sehen. Reden wir lieber gleich von den Ermittlungen. Also, daß du durch Zufall bei der Auseinandersetzung dabei warst, ist der Polizei und den Anwälten längst bekannt; und daß du daher die einzige unbeteiligte Augenzeugin bist, auf die das Gericht nicht verzichten kann, ist uns von verschiedenen Seiten immer wieder gesagt worden.«

»Don Gabriele ist da jedoch anderer Meinung«, versuchte die junge Schwester schüchtern einzuwenden. »Er sagt, daß ...«

»Darüber haben wir doch schon ausführlich gesprochen«, unterbrach die Oberin sie ungeduldig. »Wenn du nicht freiwillig bei Gericht erscheinst, werden sie dich von den Karabinieri holen lassen. Das jedenfalls ist die Ansicht von Personen, die das Gesetz besser kennen als wir beide und auch als Don Gabriele.« Schwester Severina senkte leicht den Kopf zum Zeichen demütigen Gehorsams. »Ich habe keine Angst«, fügte sie mit fester Simme und einem schwachen Lächeln hinzu.

Ein plötzliches Gefühl von Zärtlichkeit für die junge Schwester ergriff die Oberin.

»Du wirst dir denken können«, sagte sie, »daß ich eine so liebe Tochter, wie du es immer für mich gewesen bist, nicht leichten Herzens einer solch schwierigen Prüfung aussetze.«

»Daran habe ich nie gezweifelt«, erwiderte Schwester Severina leise. Sie wußte, daß sie im ganzen Institut als die Lieblingsschwester der Mutter Oberin galt. Daß die Oberin sogar auf die Sommerferien verzichtet hatte, um bei ihr zu bleiben, hatte das vor noch nicht langer Zeit bestätigt.

Nach einer kurzen Pause fuhr die Oberin fort: »Es gibt neue Schwierigkeiten zwischen dem Institut und den Schulbehörden. Da es dabei um unsere Schule geht, muß ich mit dir darüber reden. Ich hatte geglaubt, daß wir die Gleichstellung unseres Instituts mit den staatlichen Schulen ein für allemal errungen hätten. Um so mehr, als wir unter unseren Lehrkräften jetzt dich mit einem staatlichen Universitätsabschluß haben. Doch es sieht so aus, als würde das nun nicht mehr genügen.«

Für die Mutter Oberin hatte das eine schreckliche Nachricht bedeutet. Das Institut war ihr ganzer Stolz, und ohne zu zögern, hätte sie ihr Leben dafür geopfert.

»Haben Sie darüber mit Don Gabriele gesprochen?« fragte Schwester Severina.

»Don Gabriele«, fuhr die Oberin ärgerlich fort, »ist beim

Schulamt nicht gut angeschrieben; man hält ihn dort für einen Anarchisten oder so etwas Ähnliches. Das bischöfliche Ordinariat hat daher Don Antonio mit der Angelegenheit beauftragt.«

Bei diesem Namen konnte sich Schwester Severina nicht beherrschen und rief: »Don Antonio?«

»Ich habe deinen Einwand erwartet«, sagte die Oberin rasch und mit sichtlicher Verlegenheit. »Ich habe deine Anzeige gegen ihn beim Ordinariat nicht vergessen. Es ist gut, wenn wir gleich darüber reden, da er heute abend hierherkommt, ja er kann jeden Moment dasein.«

»Ich bitte um Vergebung«, sagte die junge Schwester mit vor Erregung zitternder Stimme. »Es handelte sich damals nicht um eine Anzeige von mir, sondern um die der Eltern einer Schülerin. Ich habe die Anzeige nur an das Ordinariat weitergeleitet, um zu verhindern, daß der Skandal bei Gericht landete. Sie selbst waren es, Mutter, die mir dazu geraten hatte, erinnern Sie sich nicht mehr?«

»Doch, jetzt erinnere ich mich wieder«, räumte die Oberin ein, verärgert über die Richtigstellung; und nach einer kurzen Pause suchte sie sich zu rechtfertigen: »Wir konnten damals gar nichts anderes tun. Wir mußten verhindern, daß ein Skandal das Ansehen unseres Instituts schädigte. Dank der göttlichen Vorsehung ist uns das auch gelungen. Aber jetzt ist die Situation anders, verstehst du? Jetzt handelt es sich nicht um ein Schulmädchen, sondern um die Obrigkeit, und es sieht so aus, als könnte Don Antonio uns retten, wenn wir seinen erleuchteten Ratschlägen folgen.«

Schwester Severina hielt den Blick starr auf den Boden gerichtet und ließ nicht erkennen, ob sie den Ausführungen der Oberin zustimmte oder sie zurückwies. Daher fuhr diese fort:

»Ich muß sofort einen Verdacht ausräumen, der dir vielleicht gekommen ist. Don Antonio wird nicht die geistliche Betreuung unseres Instituts übernehmen. Der Nachfolger von Don Gabriele ist noch nicht ernannt, doch Don Antonio wird es auf keinen Fall. Er soll lediglich die Schule aus der Gefahr retten, die sie jetzt bedroht. Im übrigen hat er mir anvertraut, daß er aller Wahrscheinlichkeit nach Militärkaplan werden wird.«

Auch bei diesen Neuigkeiten blieb Schwester Severina stumm und betroffen. Die Oberin griff nun nach einem maschinenbeschriebenen Blatt Papier, das auf dem Schreibtisch lag, und sagte in einem Ton, der erkennen ließ, daß sie das Gespräch zum Abschluß bringen wollte:

»Hast du diesen Bericht über die Vorfälle auf unserem Platz gelesen? Natürlich, ich habe dir ja eine Kopie zukommen lassen. Er soll im Diözesanblatt veröffentlicht werden und als Grundlage für die Zeugenaussage von seiten des Instituts bei Gericht dienen. Was sagst du dazu?«

Die Oberin machte eine Pause, um Schwester Severina die Möglichkeit zu geben, ihre Meinung zu äußern, aber Severina saß weiterhin mit gesenktem Kopf da und schwieg.

»Offen gestanden, dir kann ich es ja sagen, ich weiß selbst nicht, was ich davon halten soll«, begann die Oberin von neuem. »Alles, was in diesem Bericht steht, scheint absolut wahr zu sein. Don Antonio hat es mir bei seiner Ehre versichert. Aber es sei unerläßlich, sagt er, daß es von einer glaubwürdigen Person bezeugt würde. Wie du dir leicht vorstellen kannst, interessiert mich die Sache nur so weit, wie das Schicksal unseres Instituts dabei auf dem Spiel steht.«

Schwester Severina schien sich aus einem Zustand tiefer Entschlußlosigkeit aufzuraffen.

»Soll das heißen, daß jetzt irgend jemand eine politische Erklärung von der Schule verlangt?« fragte sie.

»Die erwartete Zeugenaussage ist persönlich, hat aber selbstverständlich für die ganze Gemeinschaft Gültigkeit«, erklärte die Oberin. »Wenn ich es recht verstanden habe,

hat der Polizeichef unserem Don Antonio diesen Tip gegeben.«
»Ach, jetzt ist mir alles klar«, rief die junge Schwester und hob den Kopf, um der Oberin offen ins Gesicht zu sehen. »Wir sollen bei einer Polizeiaktion mitmachen. Wer soll denn dieses Dokument unterschreiben?«
»Das fragst du mich noch?« meinte die Oberin verwundert. »Wer vom Institut außer dir war denn bei dem Krawall dabei?«
Diese Worte brachten Schwester Severina völlig aus der Fassung.
»Das soll also meine Zeugenaussage sein?« rief sie mit einer Stimme, in der die zu lang unterdrückte Erregung durchbrach. »Bloß damit ich weiter Latein unterrichten darf, soll ich die Version der Polizei bestätigen?«
Die Oberin reagierte völlig verblüfft auf die offene Rebellion der jungen Schwester, die immer eine folgsame Tochter gewesen war, und diese Verwirrung ermutigte Schwester Severina weiterzureden.
»Diesem Memorandum nach zu urteilen, soll ich berichten, was auf einer Versammlung erörtert wurde, an der ich überhaupt nicht teilgenommen habe«, sagte sie mit wachsender Entrüstung. »Ich soll einen armen Jungen, der vor meinen Augen von einer Gruppe wild gewordener Polizisten zu Tode geprügelt wurde, der Provokation bezichtigen? Ich soll lügen, obwohl ich weiß, daß ich lüge?«
Von Erregung übermannt, verstummte sie, während die Oberin von einem heftigen Asthma-Anfall ergriffen wurde. Es folgte ein peinliches Schweigen, bevor die Oberin mühsam hervorstoßen konnte:
»Und was schlägst du vor, um das Institut zu retten?«
»Die Wahrheit!« rief Schwester Severina heftig.
Kaum hatte sie diese Worte ausgesprochen, als es, ungewohnt zu dieser Abendstunde, lang an der Glocke zur

Pförtnerinnenstube läutete. Das konnte nur Don Antonio sein.

»Erlauben Sie mir, daß ich ihm nicht begegnen muß«, sagte Schwester Severina in entschlossenem Ton und verließ das Zimmer, ohne die Zustimmung der Oberin abzuwarten.

Don Antonio trat in Begleitung von Schwester Gemma ein, der die Oberin durch eine Geste zu verstehen gab, sie solle dem Gespräch beiwohnen. Der Priester war ein hübscher junger Mann von kräftigem, blühendem Aussehen, wie es beim Klerus eher selten anzutreffen ist.

»Gibt es irgendwelche Schwierigkeiten?« fragte er, durch den verlegenen Empfang der Oberin alarmiert.

»Schwester Severina weigert sich, die Rolle, die wir ihr zugedacht haben, zu übernehmen«, erwiderte die Oberin ohne jede Zurückhaltung.

»Der eine oder andere Ausdruck von mir läßt sich abmildern«, meinte der Geistliche verbindlich. »Kann ich mit ihr sprechen?«

»Es handelt sich nicht um Wörter«, versuchte die Oberin zu erklären. »Schwester Severina ist bereit, auf eine Aussage zu verzichten, aber wenn sie gezwungen wird zu reden, will sie nur das sagen, was sie gesehen hat.«

»Nicht das, was der Obrigkeit bekannt ist?« fragte Don Antonio bestürzt.

»Im vorliegenden Fall war Schwester Severina die einzige, die die Auseinandersetzung auf dem Platz beobachtet hat«, erwiderte die Oberin.

»Also«, sagte der Priester verärgert, »Sie halten es für unnötig, daß ich mit der Schwester spreche?«

»Ich nicht«, erklärte die Oberin, »aber die Schwester hält eine Begegnung mit Ihnen für überflüssig.«

»Darüber werden wir uns noch unterhalten«, meinte der Priester enttäuscht. »Inzwischen soll sich die Rebellin wenigstens jeglicher Zeugenaussage enthalten.«

»Dafür kann ich mich verbürgen«, versprach die Oberin. »Sie wird nicht aussagen.«
Nachdem Schwester Gemma Don Antonio wieder zur Pforte des Instituts gebracht hatte, machte sie sich auf die Suche nach Schwester Severina und fand sie kniend in ihrem Zimmer. Sie erhob sich nicht, wandte sich nicht einmal um, sondern blieb reglos im Gebet versunken.

## 3

Der heftige Zusammenstoß zwischen »Unruhestiftern« und Polizei, über den das Ermittlungsverfahren bei Gericht lief, hatte an einem Samstagabend in Civitella auf dem kleinen Platz San Camillo de Lellis stattgefunden, der um diese Zeit für gewöhnlich wenig begangen oder überhaupt völlig verlassen war. Er hatte die Form eines ungleichmäßigen Dreiecks, da er von der Kirche, der Schule und einem alten Adelspalais umschlossen wurde. Der Palazzo, vor langem durch ein Erdbeben baufällig geworden, stand leer, und nur ein Teil des Erdgeschosses war noch benutzbar. Diese Räume hatte die Gemeinde, der sie gehörten, vor ein paar Jahren an verschiedene Arbeitervereine vermietet, denen ihr früheres, zentraler gelegenes Lokal ohne plausiblen Grund gekündigt worden war. Umsonst hatte die Mutter Oberin dagegen protestiert, daß sich solche Keimzellen vorhersehbarer sozialer Unruhen in der unmittelbaren Nachbarschaft eines Instituts zur Erziehung junger Mädchen ausbreiteten.
Die Befürchtungen der Oberin erschienen zunächst tatsächlich übertrieben, da nicht einmal die wachsende Arbeitslosigkeit und die Steigerung der Lebenshaltungskosten in den letzten Jahren zu größeren Zwischenfällen geführt hatten. Tatsächlich waren die sozialen Beziehungen in diesem Landstrich, in dem das Kleinbauerntum und die kleinen Gewerbebetriebe überwogen, seit alters her friedlich. Die einzige Fabrik in der Gegend war die Ziegelbrennerei, die einen Monat lang von Arbeitern besetzt gewesen war und dann ohne Komplikationen geräumt wurde.
In jüngster Zeit hatte sich jedoch ein gewisser Einfluß aus

den weiter entwickelten Zentren der Region bemerkbar gemacht und die Gemüter erhitzt. Bis es schließlich eines Abends nach einer Arbeiterversammlung im alten Palazzo auf dem kleinen Platz zu dem befürchteten Zusammenstoß zwischen »Unruhestiftern« und Ordnungshütern kam, der mit der traurigen Bilanz von einem Toten und mehreren Verletzten endete. Die Sache wirbelte in der ganzen Region Staub auf, zum einen, weil es so etwas bisher noch nicht gegeben hatte, zum anderen aber auch wegen der völlig verschiedenen Darstellungen, die davon geliefert wurden. Unbeteiligte Zeugen schien es bei dem Vorfall zunächst nicht gegeben zu haben. Schon bald aber sickerte das Gerücht durch, daß zufällig doch eine außenstehende Person dazugekommen sei, und zwar eine Nonne, die auf dem kurzen Weg von der Kirche zu ihrem Kloster von dem Ereignis überrascht worden war. Es sei jedoch schwierig, ihre Meinung über den Vorfall zu erfahren – und konnte eine Nonne überhaupt eine Meinung haben?

Um etwas klarer zu sehen, beraumte das Gericht schließlich einen Lokaltermin auf dem Platz an und verständigte die kleine Schar derjenigen, die unmittelbar mit dem Fall zu tun hatten. So versammelte sich eines Morgens innerhalb kurzer Zeit – manche kamen mit dem Auto, andere per Fahrrad oder zu Fuß – eine Gruppe von Leuten am festgesetzten Ort und bereitete sich auf eine gerichtliche Ermittlung nach den üblichen Regeln vor.

Dank der frühen Stunde war die Luft klar und der frisch gesprengte Platz noch kühl. Zu Beginn wurde der Raum aufgeschlossen, in dem die Versammlung der »Unruhestifter« stattgefunden hatte, und ein kleiner Tisch mit einem Stuhl ins Freie getragen, als Platz für den Protokollführer. Die Rollen der Anwesenden wurden rasch erkennbar: der Richter, der Protokollführer, die Anwälte sowie zwei Karabinieri, ein paar Journalisten und einige echte oder mutmaßliche Kriminalbeamte. Immer wieder stießen weitere Neugierige hinzu. Zu ihnen gesellte sich auch Don Gabriele, der von vielen gegrüßt wurde, seinerseits aber kaum für die Grüße dankte und sich etwas abseits stellte.

Der Richter schickte rasch die beiden Karabinieri ins Institut, um die als Zeugin benannte Nonne zu holen. In der Zwischenzeit ordnete er die sogenannte Hörprobe an: In dem Raum, wo die »Unruhestifter« ihre Versammlung abgehalten hatten, wurden verschiedene Versuche veranstaltet, bei geschlossenen und bei halboffenen Türen, um festzustellen, wieweit man von draußen die Stimmen der Redner im Saal unterscheiden konnte. Wie vorauszusehen, kamen die gegnerischen Parteien dabei zu völlig widersprüchlichen Ergebnissen.

Ein kleines komisches Intermezzo folgte, als die beiden Karabinieri, die die Zeugin herbringen sollten, unverrichteter Dinge zurückkamen und dem Richter erklärten, die Mutter Oberin bestehe auf einem schriftlichen Befehl des Gerichts, ehe sie der Schwester erlaube, als Zeugin aufzutreten. Im selben Moment erschien jedoch Schwester Severina; sie trat aus der angrenzenden Kirche, wo niemand sie vermutet hatte.

Entschlossen schritt sie auf die Gruppe der Amtspersonen zu, aus der ihr der Richter entgegenkam. Er war ein schmächtiger Mann mittleren Alters, mit einem Zwicker auf der Nase und einem altmodischen Strohhut auf dem Kopf.

»Sind Sie Signorina Severina De Angelis?« fragte er.

»Ja.«

»Was sind Sie von Beruf?«

»Lateinlehrerin.«

Die ungewohnte Anwesenheit dieser zierlichen, fast noch mädchenhaften jungen Nonne mit der sanften, ein wenig zitternden Stimme unter all den Männern rief absolutes Schweigen hervor und brachte sogar den Richter in Verlegenheit. Die Befragung kam nur schwer in Gang, vielleicht wegen der ungewohnten Termini, auf die die Schwester nicht sofort zu antworten wußte; der Richter entschuldigte sich deshalb und forderte sie schließlich in wohlwollendem Ton auf, einfach alles zu erzählen, was sie von der turbulenten Szene, der sie beigewohnt habe, noch wisse.

»Ich überquerte den Platz zuerst, um in die Kirche zu gehen, wo mich eine Gruppe Mädchen erwartete, die sich auf die Firmung vorbereiteten«, begann Schwester Severina ihren Bericht. »Es war etwa halb sieben Uhr abends. Ich bemerkte nichts Außergewöhnliches, aber aus der Tatsache, daß die Tür des Gewerkschaftslokals halb offenstand, schloß ich, daß dort eine Versammlung stattfand. Gegen Ende des Firmunterrichts, kurz nach sieben, kam der Mesner, um uns zu sagen, daß sich draußen auf dem Platz ungewöhnlich viele Karabinieri und Polizeibeamte in Zivil versammelt hätten und es vielleicht besser wäre, etwas früher Schluß zu machen. Ich fand diesen Rat sehr gut, und um den Mädchen Unannehmlichkeiten zu ersparen, brachte ich sie durch die Sakristei zu der Tür, von der aus man nicht über den Platz muß.«

»Und warum sind Sie Ihren Schülerinnen nicht gefolgt?« fragte der Richter.

»Das Kloster, in dem ich wohne, hat nur einen einzigen Eingang, und der liegt auf dieser Seite«, erklärte die Schwester und deutete auf das Gebäude. »Der Anblick, der sich mir bot«, fuhr sie fort, »war äußerst ungewöhnlich. Zwei Lastwagen, die schräg vor die beiden Zugänge zum Platz gestellt waren, riegelten ihn praktisch ab ...«

Bei diesen Worten geriet ein großer Teil der Anwesenden in lautstarke Erregung, und man hörte den Ruf: »Das muß ins Protokoll!« Die Sache mit den Lastwagen hatte bisher noch niemand erwähnt. Nachdem die Ruhe wiederhergestellt war, wurde die Schwester vom Richter gebeten, in ihrem Bericht fortzufahren.

»Es war nicht mehr möglich, den Platz zu betreten oder zu verlassen, ohne zwei Ketten von Polizisten zu passieren, die ihn abschlossen und immer näher aufeinander zurückten, bis sie schließlich auch die Kirchentür und das Portal unserer Schule versperrten. In der Mitte des immer enger werdenden Raums befanden sich noch ein paar Männer, die an der Versammlung teilgenommen hatten und nun schrien, man solle sie in Ruhe heimgehen lassen; sie wurden aber zu dem einen oder dem anderen der beiden Lastwagen gedrängt. Die Polizeiaktion schien bereits beendet, als man bemerkte, daß bei den Festgenommenen noch einer fehlte und daß im Versammlungsraum noch Licht brannte. Daraufhin verlagerte sich die Aktion ins Innere des Palazzos. Ich hatte den Eindruck, daß das Schlimmste da drinnen passierte...«

»Wie konnten Sie von außen erkennen, was da drinnen vor sich ging?« fragte der Richter.

Diese Unterbrechung veranlaßte einen Teil des Publikums zu Protestrufen.

»Man hörte von dort Schreien und Stöhnen«, erklärte die Schwester. »Gleich darauf wurden Polizisten zur Verstärkung hineingeschickt.«

»Auf wessen Befehl?« fragte einer aus dem Publikum.

»Ruhe!« rief der Richter gebieterisch, und zur Zeugin gewandt fügte er hinzu: »Nur ich habe das Recht, Fragen zu stellen.« Aber der Richter stellte die vom Publikum angeregte Frage nicht.

In dem ganzen Auftreten der jungen Nonne lag soviel Anständigkeit und Aufrichtigkeit – ein Eindruck, der durch ihre Stimme noch verstärkt wurde und der keinerlei Zweifel zuließ.

»Die Männer, die in den Palazzo gerannt waren, erschienen kurz darauf wieder unter der Tür«, setzte sie ihren Bericht entschlossen fort. »Zwei von ihnen hatten einen jungen Mann, der sich offensichtlich nicht mehr auf den Beinen halten konnte, unter den Achseln gefaßt und schleiften ihn heraus. Ich erkannte ihn: Er wurde manchmal zu kleinen Maurerarbeiten ins Institut geholt, ein gewisser Renato. Draußen wurde der ohnehin schon übel zugerichtete junge Mann sofort von anderen Ordnungshütern in Empfang genommen und mit Faustschlägen und Fußtritten traktiert. Es sah aus, als fühle jeder sich verpflichtet, auf ihn einzuschlagen. Er wehrte sich nicht mehr. Vielleicht war er bereits tot.«

Bei diesen letzten Worten konnte Schwester Severina ihre Erregung kaum noch verbergen.

Die Kommentare des Publikums wurden immer aufgeregter. Warum war ein so wichtiger Sachverhalt bei den früheren Aussagen nicht erwähnt worden? Der Richter beeilte sich, den Lokaltermin für beendet zu erklären, und half dem Protokollführer, seine Papiere auf dem Tisch einzusammeln. Don Gabriele lief zu Schwester Severina, die aus Angst, ohnmächtig zu werden, nach einem Halt zu suchen schien. Es gelang ihr jedoch, sich aufrecht zu halten, sie machte eine leichte Verbeugung zu Don Gabriele wie zu dem Richter hin und ging langsam zum Kloster. Der Priester sah davon ab, sie zu begleiten, und veranlaßte damit diejenigen aus dem Publikum, die von der Zeugenaussage beeindruckt waren, ebenfalls zu respektvoller Zurückhaltung. Kaum hatte Schwester Severina das Kloster erreicht, öffnete sich die Pforte, und Schwester Gemma, in Tränen aufgelöst, schloß ihre Mitschwester in die Arme.

## 4

Die Zeugenaussage von Schwester Severina rief in der lokalen Presse ein großes Echo hervor. Das Haus der Schwestern vom hl. Camillo de Lellis stand im Mittelpunkt lebhafter Diskussionen. Zahlreiche Journalisten stellten sich ein, um die junge Nonne zu interviewen, die es gewagt hatte, der offiziellen Polizeiversion über die schwere Bluttat die Wahrheit entgegenzusetzen. Aber Schwester Severina blieb unerreichbar. War sie abgereist, versteckt, krank? Die unterschiedlichsten Vermutungen wurden laut.

Ein paar Monate vergingen, und vielleicht dachten außer den Personen, die auf die eine oder andere Weise unmittelbar mit der Sache zu tun hatten, nur noch wenige an diese Ereignisse. Die herbstliche Jahreszeit mit Kälte und Regen trug dazu bei, daß sich das Leben wieder mehr in der Familie abspielte und die Trinker und Spieler sich in irgendeiner Kneipe trafen. Nur während der paar Stunden, in denen die Schulkinder unterwegs waren, wurde es auf den Straßen lebendig.

In unmittelbarer Nähe des Instituts machte Don Gabriele nach wie vor seinen einsamen Abendspaziergang. Dunkel gekleidet wie ein alter Handwerksmeister, mit einem Pullover, der unter der hochgeschlossenen Jacke hervorschaute, ging er langsam und mit gesenktem Kopf dahin, allem Anschein nach nur darauf bedacht, den Pfützen auszuweichen. Doch eines Nachmittags stellte sich ihm eine alte Bekannte, Schwester Gemma, Sekretärin des Instituts, in voller Person in den Weg und zwang ihn damit stehenzubleiben.

»Ich habe eine gute Nachricht für Sie«, sagte die Nonne lä-

chelnd. »Schwester Severina geht es besser, ja, sie ist Gott sei Dank schon seit einiger Zeit außer Gefahr und befindet sich auf dem Weg der Genesung.«
»Wo steckt sie denn?« fragte Don Gabriele überrascht. »Ja, wo ist sie überhaupt die ganze Zeit gewesen?«
»Sie liegt seit fast zwei Monaten auf der Krankenstation des Instituts. Wußten Sie das nicht?« erwiderte die Schwester.
»Was heißt, daß sie jetzt außer Gefahr ist? War sie denn so schwer krank?« insistierte der Priester.
»Leider ja, besorgniserregend.« Schwester Gemma erriet aus Don Gabrieles Reaktion, daß der Priester, entgegen den von Don Antonio ausgestreuten Unterstellungen, über viele wichtige Dinge, die in der letzten Zeit passiert waren, nicht auf dem laufenden war. »Schwester Severina hat verschiedentlich auch nach Ihnen gefragt«, sagte sie noch, bevor sie grüßte und weiterging.
Don Gabriele blieb reglos mitten zwischen den Pfützen stehen und dachte über das Gehörte nach und darüber, was zu tun sei. Schwester Gemma war unter den Klosterfrauen des Instituts die beste Freundin von Schwester Severina, und sicherlich hatte sie ihn im Auftrag der Mutter Oberin unterrichtet. Warum wohl? Doch was immer der Grund dafür sein mochte, wichtig war für Don Gabriele nur, daß es Schwester Severina nicht gutging und daß sie nach ihm gefragt hatte.
Als Schwester Gemma wenig später wieder ins Institut zurückkehrte, überraschte es sie nicht, Don Gabriele in der Pförtnerinnenstube zu entdecken. Er saß in einem Winkel – er war nicht einmal heimgegangen, um sich umzuziehen – und sah aus wie ein Bettler, der auf ein Almosen wartet. Eine kleine, rundliche Schwester, die erst seit kurzem als Pförtnerin Dienst tat, hatte nur auf die Rückkehr der Institutssekretärin gewartet, um zu erfahren, wie sie sich dem Mann gegenüber verhalten solle, den sie nicht kannte und der

behauptete, auf Anweisung von Schwester Gemma in die Krankenstation hinaufzumüssen. Tatsächlich genügte ein bloßer Wink Schwester Gemmas vom Eingang aus, um dem Besucher den Weg freizugeben.

»Die Krankenstation ist im obersten Stock«, beeilte sich die Pförtnerin zu erklären und forderte Don Gabriele mit einem Lächeln auf, ihr zu folgen.

Unten im Treppenhaus stellte ein großes Gemälde den heiligen Camillo de Lellis dar, und auf anderen, kleineren Bildern zierten weniger bekannte Prälaten und Nonnen die Wände. In jedem Stockwerk gab es einen kleinen Balkon, der auf den Klostergarten hinausging, und einen Korridor, an dem die Klassenzimmer lagen. Aus diesen Korridoren drang ein Summen wie aus einem Bienenhaus. Don Gabriele hatte Mühe, mit der Pförtnerin Schritt zu halten, die, unter vielen Entschuldigungen, zweimal stehenbleiben mußte, um zu warten, bis er sie eingeholt hatte. Im dritten Stock endete die Treppe vor einer Tür, an der ein Schild hing mit der Aufschrift: KLAUSUR. Die Pförtnerin drückte auf eine elektrische Klingel, und sogleich öffnete sich die Tür, und eine alte Schwester, klein und schmächtig, erschien, die Don Gabriele sofort erkannte und herzlich begrüßte, als ob sie ihn erwartet hätte.

»Warten Sie bitte noch einen Moment, bis sich Schwester Severina hergerichtet hat«, sagte sie und schloß die Tür hinter sich.

Don Gabriele nutzte das Alleinsein, um vor dem kleinen Balkon, der auf den Garten hinausging, Atem zu schöpfen. Von oben gesehen, wirkte der Gemüsegarten, unterteilt in rechteckige Beete, auf denen man jetzt, der Jahreszeit entsprechend, nur Salat und Kohl ausmachen konnte, sehr groß. Um den Garten herum lief eine hohe Mauer, die mit farbigen Glasscherben bewehrt war. Aber es dauerte nicht lang, da ging die Tür zur Krankenstation wieder auf, und

Don Gabriele wurde auf der Schwelle von Schwester Severina selbst begrüßt. Sie war ganz in Weiß, einen weißen Wollschal um den Kopf, groß und ziemlich abgemagert, und wirkte jünger denn je: ein schönes junges Mädchen, ausgesprochen schön. Auf den Arm der alten Krankenschwester gestützt, trat sie auf Don Gabriele zu, der verlegen schwieg.
»Was für ein willkommener Besuch«, sagte sie leise und verneigte sich vor ihm, um ihm die Hand zu küssen, was seine Verwirrung noch steigerte.
»Wie geht es Ihnen? Sind Sie wieder gesund?« fragte Don Gabriele.
»Ich hatte ein bißchen Lungenentzündung, gerade lang genug, um über die Zufälle des Lebens nachzudenken«, erwiderte Schwester Severina mit einem traurigen Lächeln. »Die Bücher, die Sie mir geliehen hatten, haben mir dabei wertvolle Gesellschaft geleistet. Ich habe sie immer wieder gelesen und kann Sie Ihnen daher jetzt zurückgeben.«
»Nehmen Sie doch Platz«, sagte die Krankenschwester und wies auf zwei Stühle an einem Tisch in dem Besuchszimmer. »Wenn es Ihnen beiden recht ist, gehe ich nach nebenan, um mich meiner Arbeit zu widmen.«
Es war ein sehr schlichter kleiner Raum, an den Wänden hingen die üblichen Herz-Jesu-Bilder und Darstellungen der Schmerzensmutter, und auf einem Schrank standen verschiedenfarbige Gefäße und Fläschchen, wie in einer Dorfapotheke. Ein kleiner Kamin mit einem Holzfeuer verströmte eine wohlige Wärme.
»Mir kommt ein Zweifel«, murmelte Don Gabriele mit gesenkter Stimme, um nicht im Nebenzimmer gehört zu werden. »Die Krankenschwester hat mich so empfangen, als ob ich noch der Spiritual des Instituts wäre. Ich möchte dieses Mißverständnis klären.«
»Die Schwester hat zu mir gesagt, sie wisse nicht genau, was gegenwärtig Ihre Funktion sei«, erwiderte Schwester Seve-

rina ebenfalls flüsternd. »Sie wollte von mir Genaueres erfahren, aber ich konnte ihr ehrlich sagen, daß ich es auch nicht weiß.«

Es entstand ein Augenblick verlegenen Schweigens zwischen den beiden. Don Gabriele zögerte, doch da er sich nicht zum erstenmal von der unbefangenen Vorurteilslosigkeit dieser jungen Schwester angesprochen fühlte, beschloß er, sich ihr anzuvertrauen.

»Ich möchte diese Gelegenheit nutzen, um jedes Mißverständnis auszuräumen«, sagte er. »Sie wissen etwas Wichtiges von mir nicht, und ich fühle mich verpflichtet, es Ihnen zu sagen, selbst auf die Gefahr hin, Ihre Freundschaft dadurch zu verlieren.«

»Dann sagen Sie es mir lieber nicht, wenn diese Gefahr besteht«, bat die Schwester lächelnd.

Der Priester schwieg und verharrte eine Weile mit geschlossenen Augen, dann fügte er hinzu: »Da ich mit einem frommen Menschen spreche, der an Gott glaubt, möchte ich vermeiden, ihn zu verletzen.«

Schwester Severina sah ihn erstaunt an.

»Ich beurteile die Menschen doch nicht nach ihren Worten«, sagte sie. »Wir haben hier einen Priester, der jedesmal, wenn er den Mund aufmacht, Gott erwähnt, und den verabscheue ich.« Nach einer kurzen Pause fügte sie hinzu: »Sie glauben also nicht an Gott?«

»Nein, nicht mehr.«

»Seit wann? Wie sind Sie überhaupt Priester geworden?«

»Ich wurde Priester durch das Verdienst – oder die Schuld – meiner Mutter. Sie müssen wissen, daß das Priesteramt die wahre Berufung meiner Mutter war. Schon bevor ich auf die Welt kam, hatte sie mich für das religiöse Leben bestimmt. Ob Priester oder Nonne, das hing nur noch vom Geschlecht ab. Da sie selbst *secundum ordinem Melchisedech* nicht Priester werden konnte, bediente sie sich des Sohnes.«

»Und Sie fügten sich dem Plan Ihrer Mutter,«
»Ich wurde sozusagen schon in ihm empfangen.«
»Und Ihr Vater, war der damit einverstanden?«
»Ich habe ihn nicht gekannt. Wahrscheinlich war er schon gestorben, bevor ich auf die Welt kam. Meine Mutter war sehr arm, aber ehrgeizig. Für die Kosten des Priesterseminars kam ein Domherr auf, ein guter, wenn auch ziemlich schlichter Mensch. Den ersten Widerstand gegen die mütterliche Berufung zeigte ich während des Theologiestudiums.«
»Aber dann haben Sie sich untergeordnet?«
»Meine Mutter hatte eine unschlagbare Waffe: die Tränen. Ihr Weinen war herzzerreißend, und dazu verweigerte sie die Nahrung, tage-, ja ganze Wochen lang. Vielleicht hätte ein stärkerer Mensch als ich ihr widerstehen können.«
»Was finden Sie am traditionellen Glauben unannehmbar?« fragte die Schwester.
Don Gabriele schien sich durch diese Worte ermutigt zu fühlen.
»Nun«, antwortete er, »im wesentlichen eine vorkopernikanische Weltsicht. Die Erde, betrachtet als Mittelpunkt des Universums, der Himmel als ein nächtliches Ornament der Erde, und andere kindliche Bilder gleichen Rangs. Das sind Märchen, die seit alter Zeit immer wieder erzählt werden, um eines ruhigen Lebens willen und aus Tradition, die aber jeder gebildete Mensch heute zurückweisen muß. In Wirklichkeit gibt es keine Gewißheit. Wie immer es auch sein mag, wir wissen es nicht.«
Don Gabriele machte eine Pause. Dann fuhr er fort:
»Warum sich jetzt an diese Qualen erinnern? Es hat auch lange Perioden des Friedens und der Illusion gegeben. Ja, es gab sogar glückliche Momente. Ich erinnere mich an die Freude über das Singen in der Kirche. Ich erinnere mich an die Gemeinschaft mit armen, einfachen Menschen. Ich erinnere mich an die brüderliche Solidarität mit leidenden, trost-

bedürftigen Seelen. Aber der Glaube war höchstens vorübergehend da.«
Hin und wieder wurde Don Gabrieles Stimme leiser, rauh, fast tonlos, er schwieg und setzte dann seine Rede wieder fort, ohne daß Schwester Severina irgendeine Reaktion gezeigt hätte. Der Priester bemerkte es und kam mit normaler Stimme zum Schluß:
»Kurz vor dem Tod meiner Mutter ging ich zum Bischof, um ihm die Wahrheit über meine Seele zu offenbaren. Ich glaube an nichts, sagte ich zu ihm; der katholische Glaube kommt mir wie eine unannehmbare Erfindung vor. Der Bischof rief meine Mutter zu sich, und es kam zu einem stürmischen Auftritt. Wenn ich noch ein wenig gewartet hätte, hätte ich ihr wenigstens das ersparen können, aber wie konnte ich ahnen, daß ihr der Tod so nahe war? Schließlich wurde ein Kompromiß beschlossen: In der Hoffnung auf eine Wiederkehr des Glaubens sollte ich mich vorübergehend der Ausübung der heiligen Handlungen enthalten. Doch die Wiederkehr des Glaubens ließ, wie vorauszusehen, vergeblich auf sich warten.«
Obwohl blaß und erschöpft, wirkte Don Gabriele in gewisser Weise erleichtert, während Schwester Severina schwieg und wie abwesend schien. Endlich sagte sie:
»Aber Sie haben doch gar keine Verpflichtung zu glauben. Niemand ist dazu verpflichtet. Das Priestertum wurde Ihnen aufgenötigt. Dazu kann man sich nicht zwingen. Sich zu etwas zwingen ist gegen die Wahrheit und mündet schließlich in Zerstörung.«
Don Gabriele sah sie ungläubig an.
»Die Offenheit, mit der Sie zu mir gesprochen haben«, fuhr die Schwester fort, »verlangt das gleiche von mir. Sonst würde ich nie wagen, Ihnen diese Dinge zu sagen: Auch ich glaube seit langer Zeit nicht mehr an Gott. Vielleicht habe ich nie an ihn geglaubt. Aber ich habe mich dazu gezwun-

gen, wie Sie. Ich habe mich trügerischen Hoffnungen hingegeben, sonst wäre ich nicht ins Kloster gegangen. Ich leugnete zwar nicht die Möglichkeit der Existenz Gottes, aber ich fand keinerlei überzeugenden Beweis für sie. Ich bin ganz Ihrer Meinung: Es gibt keine Gewißheit. In diesen letzten Wochen habe ich endlich aufgehört, mich zu quälen. Ich denke jetzt lieber über die Worte Christi nach: ›Ihr werdet die Wahrheit erkennen, und die Wahrheit wird euch frei machen.‹ Und über die des Apostels Paulus: ›Wo der Geist des Herrn ist, da ist Freiheit.‹ Wenn es Gott gibt, wird er uns wiederfinden. Vielleicht wird er sich uns eines Tages offenbaren. Dann werden wir ihn annehmen müssen. Für den Augenblick beunruhige ich mich nicht mehr: Es kann keine Sünde sein, dem eigenen Gewissen zu folgen. Ich glaube, daß die Wahrheit größer sein wird als wir; leider verstellen uns die Bäume immer noch den Wald. Fest steht, daß ich die Wahrheit liebe, und sobald sich mir nur ein winziges Stückchen von ihr, eine winzige Gewißheit enthüllt, bemühe ich mich, ihr zu dienen. Ich müßte völlig verblendet sein, wenn ich mir nicht darüber im klaren wäre, wie beschränkt mein Wissen ist. Es ist das Wissen eines Mädchens, das studiert hat. Aber ich weiß, daß sich in den Augenblicken, in denen ich spüre, daß ich die Wahrheit nur um ihrer selbst willen liebe, auch mein Gehirn mit neuen Erkenntnissen füllt. Ich glaube, daß uns die Wahrheit zum großen Teil unbekannt ist, weil die Menschen sie nicht genug lieben. – Lieber Don Gabriele, ich weiß, daß für mich alles viel einfacher ist als für Sie. Ich begreife, wie schwierig es für Sie sein muß, sich von der Kirche zu lösen, das ist natürlich etwas ganz anderes.«

»Ich komme mir völlig zerstört vor«, sagte Don Gabriele. »Ich gehöre zur Kirche und stehe doch außerhalb von ihr. Wo und wie soll ich jetzt die Wahrheit finden? Und dabei habe auch ich sie immer gesucht.«

»Ich sehe nicht ein, warum man vor der Kirche Angst haben

soll«, sagte Schwester Severina. »Die Kirche hat an die Stelle des Hungers nach Gerechtigkeit den Kult des ruhigen Lebens gesetzt, wie Sie vorher gesagt haben. Wo bleibt die moralische Entrüstung der Kirche über die wirklichen Skandale auf der Welt? Da und dort, ich weiß, erheben sich ein paar einzelne Stimmen, erleiden manche sogar den Märtyrertod, aber man kann nicht behaupten, daß sie die offizielle Kirche repräsentieren. Ich gestehe der Kirche nicht das Recht zu, über meinen Verstand zu herrschen. Die Unterdrückung, die die Kirche ausübt, ist uralt, aber ebenso alt ist der revolutionäre Geist, der dadurch geweckt wird, und ich glaube, daß die Hauptvertreter dieser Revolution in den vergangenen Jahrhunderten – und dabei möchte ich nur ein paar von unseren Landsleuten nennen: Jacopone da Todi, Tommaso Campanella und Giordano Bruno – der Sache Christi besser gedient haben. Im übrigen war Christus selbst ein Revolutionär – es ist banal, das zu sagen.«

»Es hieße Sie beleidigen«, sagte Don Gabriele, »wenn ich mich über Ihre Worte verwundert zeigte.«

»Ich denke«, begann Schwester Severina von neuem, »daß man den Schmerz nicht zu fürchten braucht. Es gibt einen unvermeidbaren Schmerz, der zum Menschsein gehört, und dem muß man zu begegnen wissen, mit dem muß man sich anfreunden. Ich glaube, man braucht nicht einmal die Verzweiflung zu fürchten; sogar Christus hat sich zu Beginn seiner endlosen Agonie, der Agonie, die immer noch andauert, verlassen geglaubt und sich einen Augenblick lang entmutigt gefühlt. Es ist menschlich, ja, wenn der Evangelist die Wahrheit berichtet, ist es sogar göttlich zu verzweifeln, solange es aufrichtig, ernst und wegen grundlegender Dinge geschieht. Aber ich habe nicht die Hoffnung verloren, daß man auf irgendeine Weise neue Formen von Heroismus, Heiligkeit, Andacht und Hingabe an die universalen Wahrheiten der Menschheit schaffen kann.«

»Was sollen wir also tun?« fragte Don Gabriele.
»Niemals unsere moralische Entrüstung angesichts der Ungerechtigkeit aufgeben. Niemals in der Suche nach der Wahrheit nachlassen, auch nicht in tiefer, dunkler Nacht. Unterwegs werden wir Christus wiederfinden, der die Wahrheit ist. Was auch geschehen mag, diejenigen, die sich im Grund ihrer Seele den Glauben an die heiligen Prinzipien des Lebens bewahren, werden die stärkeren sein. Ihre Stimme wird zwar erstickt werden, sie werden als die Unnützen und Besiegten erscheinen, aber in Wirklichkeit werden sie auch in diesem Zustand noch unbesiegbar sein, weil sie sich in Harmonie mit den ewigen Kräften befinden, die das Leben lenken. Und zum Schluß werden sie als Sieger hervorgehen. Die Welt, wenn sie bestehen bleibt, wird nach ihrem Credo wiederaufgebaut werden. – Lieber Don Gabriele«, unterbrach sich Schwester Severina, »wie ist es möglich, daß ich plötzlich zur Predigerin werde? Sie sind das Opfer meiner Einsamkeit während dieser letzten zwei Monate. Ihr heutiger Besuch, das Vertrauen, das Sie mir geschenkt haben und das mir geholfen hat, auch mein Herz zu öffnen, kommen mir wie ein Wunder vor.«
»Ich muß Schwester Gemma danken, daß sie mich auf den Gedanken gebracht hat, Sie zu besuchen«, erwiderte Don Gabriele. »Mir ist, als hätte ich mitten in der Wüste eine klare Quelle gefunden. Ich kann gar nicht sagen, wie sehr Sie mir geholfen haben. Aber es bleibt meine Frage: Was sollen wir tun?«
»Ich für mein Teil habe zumindest das eine gelernt: Um sich hingeben zu können, muß man sich zuerst besitzen. Die Beschäftigung mit sich selbst kommt mir, wenn sie notwendig ist, jetzt nicht mehr als Zeitverschwendung vor. Gibt es denn etwas Wichtigeres und Notwendigeres, als sich mit dem Bewußtsein, das wir von uns selbst erwerben können, zu beschäftigen, und mit dem Sinn, den unser Dasein auf

dieser Erde hat? Ich weiß, das ist keine Antwort, aber sicher ist, daß wir beide ›den Sprung wagen‹ müssen, um Kardinal Newman zu zitieren, der auch gesagt hat: ›Der erste Stellvertreter Christi auf Erden ist das Gewissen.‹« Schwester Severina schwieg einen Augenblick, dann fuhr sie mit einem Lächeln fort: »Sehen Sie, wieviel ich von Ihren Büchern profitiert habe? Bevor ich es vergesse, hole ich sie lieber gleich.«

»Behalten Sie sie doch noch, es hat keine Eile«, sagte Don Gabriele.

»Besser jetzt, man weiß nie.«

Doch in diesem Augenblick läutete das Telefon im Nebenzimmer. Man hörte die Stimme der Krankenschwester, die gleich darauf in das kleine Besuchszimmer kam, wo die beiden plötzlich schwiegen. Sie hustete laut, wie um sie zu wekken.

»Die Mutter Oberin«, sagte sie, »hat von dem Besuch Hochwürdens bei Schwester Severina erfahren und freut sich darüber von Herzen. Sie wäre glücklich, wenn Hochwürden danach noch bei ihr vorbeikommen könnten.«

»Selbstverständlich«, erwiderte Severina und stand auf, um den Gast zu verabschieden.

»Die Oberin will mich nicht sofort sehen«, wandte Don Gabriele ein.

»Das ist so ihre Art, sich auszudrücken«, erklärte Schwester Severina. »Die Bücher lasse ich Ihnen morgen nach Hause schicken. Ich danke Ihnen für den Besuch, der mir ein großer Trost war.«

Und sie verneigte sich vor Don Gabriele in der vorgeschriebenen Weise.

## 5

Auf der Schwelle des Schulportals wurde Don Gabriele von einem heftigen Regenguß zurückgehalten, der während seines Besuchs bei Schwester Severina ausgebrochen war. Er war unschlüssig, ob er der Aufforderung der Mutter Oberin Folge leisten oder gleich nach Hause gehen sollte. Inzwischen wurde er von einer Gruppe Schülerinnen umringt, die wissen wollten, wann Schwester Severina wieder zum Unterricht käme.

»Ich weiß es nicht«, antwortete er zerstreut. »Ich denke, das erfahrt ihr in den nächsten Tagen.«

Nun mischte sich Schwester Gemma unter die Gruppe und erinnerte Don Gabriele schüchtern daran, daß er von der Mutter Oberin erwartet werde, wobei sie hinzufügte, daß es von dem Ort aus, an dem sie sich gerade befänden, einen Abkürzungsweg zu deren Büro gebe.

»Einen Geheimgang?« rief Don Gabriele mit gespielter Verwunderung.

Nun blieb ihm nichts anderes übrig, als der Schwester zu folgen. Aus seiner Zeit als Spiritual des Instituts wußte er von der Existenz dieses Gangs, der das Schulgebäude mit dem alten Klosterbau verband, aber er erinnerte sich nicht, ihn jemals benutzt zu haben. Der Gang war schmal und dunkel.

»Wenigstens wird man nicht naß«, sagte Schwester Gemma lachend.

»Darf ich erfahren, worüber Ihre Oberin mit mir sprechen möchte?« fragte der Priester.

»Das weiß ich nicht«, antwortete die Schwester. »Ich weiß nur, daß sie Sie sehr schätzt und achtet.«

Ein penetranter Geruch nach Kohl hing in der Luft. Zerstreut blieb Don Gabriele vor einem Gemälde stehen, einer Reproduktion der Auferstehung Christi von Piero della Francesca.

»Woher habt ihr dieses Bild?« fragte er die Schwester. »Wenn ich mich nicht irre, steht es bei der Polizei immer noch auf der Liste der Gegenstände, die aus meinem Haus gestohlen wurden.«

»Es war ein Geschenk Ihrer seligen Frau Mutter an das Institut«, erwiderte Schwester Gemma gekränkt. Und gleich darauf verkündete sie: »Wir sind da.«

Im grauen Halbschatten erschien die weiße Gestalt der Mutter Oberin in der Tür ihres Büros.

»Was für eine Ehre«, rief sie dem Priester lächelnd zu. »Glauben Sie mir, ich wäre zu Ihnen gekommen, wenn es mir meine Beine erlaubt hätten.«

»Ob ich nun zu Ihnen oder Sie zu mir – das ist vielleicht nicht so wichtig«, erwiderte der Priester gelassen. »Wichtig ist doch nur, was wir uns zu sagen haben.«

»Darüber werden wir gleich sprechen«, sagte die Oberin. Humpelnd trat sie in ihr kleines Büro, gefolgt von Don Gabriele, während Schwester Gemma ins Schulgebäude zurückging, wo sie von einer Klasse zum Unterricht erwartet wurde.

»Wie lange haben wir schon nicht mehr miteinander geredet?« begann die Oberin, während sie ihren gewohnten Platz einnahm und dem Priester einen kleinen Sessel an ihrer Seite anbot. »Seit sehr langer Zeit. Und doch habe ich hin und wieder Ihre Stimme vernommen.«

Diese Worte überraschten Don Gabriele, der nicht wußte, wie er sie deuten sollte. Die Oberin wies mit der Hand auf ein ziemlich abgegriffenes Heft, das auf dem Tisch lag.

»In dieses Heft«, sagte sie, »habe ich eigenhändig Gedanken aufgeschrieben, die Sie bei unseren Gesprächen geäußert

hatten, damals, als Sie noch in diesem Hause tätig waren. Es sind wunderbare und prophetische Äußerungen darunter.«
Don Gabriele verwahrte sich mit einer Handbewegung gegen das Lob, das er für übertrieben hielt, aber die Oberin bestand darauf.
»Bitte nehmen Sie mir das nicht übel. Das soll keine *captatio benevolentiae* sein. Ich hatte nie Gelegenheit, es Ihnen zu sagen. Einige dieser Seiten kennt nur noch Schwester Severina.«
»Sie hat mir einmal davon erzählt, um die große Zuneigung zu erklären, die sie für Sie empfand«, sagte Don Gabriele.
»Von meiner Seite hat diese Zuneigung nicht nachgelassen, auch wenn es so aussehen mag«, meinte die Oberin. »Aber das ist es nicht, worüber ich mit Ihnen reden wollte.«
Ein plötzlicher Asthma-Anfall unterbrach sie. Mit einem verlegenen Blick entschuldigte sie sich bei dem Priester. Don Gabriele bemühte sich um ein verständnisvolles Lächeln. Sobald sie sich wieder erholt hatte, fuhr die Oberin fort: »Sie wissen, daß unser Institut von einer großen Gefahr bedroht war: der Aufhebung der sogenannten Gleichstellung mit den staatlichen Schulen. Das wußten Sie nicht? Merkwürdig, hat Schwester Severina Sie denn nicht informiert? Wenn wir in der letzten Zeit ein paar Fehler gemacht haben, so nur, um ebendiese Gefahr von uns abzuwenden.«
»Die seltenen Male, die ich Schwester Severina getroffen habe, haben wir nie über das Institut gesprochen«, erklärte Don Gabriele.
»Sie kennen den Fall Mazzini also nicht?« wunderte sich die Oberin von neuem. »Bei der letzten mündlichen Abiturprüfung fragte der staatliche Prüfer eine unserer Schülerinnen, was sie über Giuseppe Mazzini wisse, und bekam die treuherzige Antwort, sie habe den Namen noch nie gehört. Die Schwester, die Geschichte unterrichtet und bei der Prüfung anwesend war, erklärte spontan, vielleicht aus falsch verstan-

dener Solidarität mit ihrer Schülerin, auch sie wisse nicht, wer dieser Herr Mazzini sei. Die Geschichtsprüfung wurde abgebrochen, und das Ganze diente als alberner Vorwand für eine heftige Attacke gegen unsere Schule.«

Diese Geschichte amüsierte Don Gabriele.

»Sie lachen?« rief die Oberin. »Dabei war ernsthaft die Rede davon, gegen das Institut vorgehen zu wollen. Wir haben sofort versucht, etwas zu unternehmen – umsonst. Ohne Überzeugung stürzten wir uns in patriotischen Eifer. Zum Glück ist die Gefahr jetzt ausgestanden, wie Sie ja sicher wissen.«

»Ich weiß gar nichts«, wiederholte Don Gabriele mürrisch. »Im übrigen bin ich auch gar nicht neugierig, es zu erfahren.«

»Hat Schwester Severina Sie wirklich nicht informiert?«

»Nein.«

»Dann erlauben Sie mir, daß ich Ihnen die Dinge erzähle, als ob Sie tatsächlich von nichts wüßten. Das Blatt hat sich durch die Zeugenaussage, die Schwester Severina bei dem Ermittlungsverfahren in dieser häßlichen Sache hier auf dem Platz gemacht hat, völlig gewendet. Sie waren ja selbst bei der Vernehmung dabei, können also nicht sagen, daß Sie auch davon nichts wissen. Die Publizität, die die Presse dem Ereignis gegeben hat, überstieg die kühnsten Vorstellungen. Unser Haus wurde zum Ziel von Anarchisten, Kommunisten, Freidenkern, die alle der Schwester zu diesem Wunder gratulieren wollten. Zum Glück lag sie mit hohem Fieber zu Bett. Aber eine ganze Schublade in meinem Schreibtisch ist voll von Zuschriften.«

»In Ihrem Schreibtisch? Ja, waren die Briefe denn an Sie gerichtet?« fragte Don Gabriele.

»Nein, aber an eine Schwester, die auf der Krankenstation lag«, erwiderte die Oberin und wartete auf einen weiteren Einwand des Geistlichen.

»Die Geschichte hatte ein glückliches Nachspiel«, fuhr sie zufrieden fort. »Diese Schwester, die einen staatlichen Universitätsabschluß besitzt, gehört zu den verantwortlichen Lehrkräften des Instituts. Der Schulrat konnte sie nicht für mangelnden Respekt gegenüber Herrn Mazzini mit haftbar machen, ohne einen Skandal hervorzurufen, und daher landete die Anzeige im Papierkorb. Die Zahl der Schülerinnen des Instituts ist gestiegen. Unter anderem haben wir jetzt auch die Tochter eines kommunistischen Senators; die Mutter, die sie hergebracht hat, wollte der Schwester ganz persönlich ihre Hochachtung ausdrücken, auch im Namen ihres Mannes.«

»Ende gut, alles gut«, schloß Don Gabriele und erhob sich.

»Sie wollen schon gehen?« fragte die Oberin überrascht. »Ich habe Ihnen doch noch gar nicht erklärt, warum ich mir erlaubt habe, Sie hierherzubitten.«

»Worum handelt es sich?« fragte der Priester und blieb stehen.

»Es geht um einen Vorschlag von Schwester Gemma«, erklärte die Oberin. »Sie wird sicher noch mit Schwester Severina darüber sprechen. Der Ausgangspunkt ist, daß wir uns jetzt in einer günstigen Phase befinden. Wir müssen so rasch wie möglich einige Initiativen ergreifen. Dafür ist es jedoch unerläßlich, ein Komitee von angesehenen Persönlichkeiten zu bilden. Eine davon müssen unbedingt Sie sein.«

Don Gabriele quittierte den Vorschlag mit einem lauten Lachen. »Glaubt sie wirklich, ich wäre für ein Ehrenkomitee geeignet?« fragte er. »Schwester Gemma kennt mich nicht.« Und mit einer tiefen Verneigung ging er hinaus.

Die Mutter Oberin blieb sprachlos und starr vor Verblüffung auf ihrem Stuhl zurück. Wenig später fand Schwester Gemma sie im Dunkeln eingeschlafen und wagte nicht, sie zu wecken.

## 6

Schwester Gemma hatte gerade die ersten Unterrichtsstunden am Vormittag beendet, als sie dringend auf die Krankenstation gerufen wurde. Sie fand Schwester Severina im Reisemantel und mit einem Koffer beschäftigt. Mit ungewöhnlicher Herzlichkeit wurde sie von ihr begrüßt.
»Meine Liebe«, sagte Schwester Severina, »ich habe dich holen lassen, um mich von dir zu verabschieden. Wie du siehst, bin ich im Aufbruch.«
»Wo willst du hin?«
»Zunächst nur nach Castelvecchio zu meinem Vater, der mich erwartet.«
»Du fährst weg? In ein Gebirgsdorf, mitten im Winter? Aber das ist doch Wahnsinn! Gerade jetzt, wo das Institut im Begriff ist, sich nach deinen Vorstellungen zu entwickeln?«
»Ihr werdet leicht einen Ersatz für mich finden. Im Moment möchte ich mich nur von dir verabschieden. Wir bleiben gute Freundinnen, nicht wahr?«
»Hat dir die Mutter Oberin denn erlaubt, wegzufahren?«
»Wie du weißt, sprechen wir schon seit einiger Zeit nicht mehr miteinander. Aber ich habe ihr einen sehr freundlichen Brief geschrieben.«
»Schwester Severina, sei vernünftig! Für wie lange willst du wegbleiben?«
»Ehrlich gesagt, das weiß ich noch nicht. Im Augenblick weiß ich nur, daß ich fortgehe.«
Schwester Gemma ließ sich auf einen Stuhl fallen. In diesem Moment kam eine große, kräftige alte Frau herein, mit einem schwarzen Schal über Kopf und Schultern.

»Oh, meine liebe Maria Teresa«, rief Schwester Severina und umarmte die Frau. »Das ist Maria Teresa«, sagte sie dann zu Schwester Gemma. »Ich habe dir schon von ihr erzählt. Sie war meine Kinderfrau nach dem Tod meiner Mutter.«

Schwester Gemma, die niedergeschlagen und wie gelähmt durch die bevorstehende Abreise der Freundin dasaß, schenkte der Neuangekommenen keine Beachtung. Maria Teresa ihrerseits konnte nur durch Tränen ihre Bewegung darüber zum Ausdruck bringen, daß sie das kleine Mädchen von einst nun als Klosterfrau wiedersah. Sie hatte ein bäuerliches Gesicht voller Runzeln, aber der wache, sanfte Blick ließ eine natürliche Freundlichkeit erkennen. Unschlüssig stand Schwester Severina zwischen den beiden Frauen; schließlich neigte sie sich zu Schwester Gemma hinüber und küßte ihr die Hände. Dann wandte sie sich rasch zu Maria Teresa:

»Gehen wir«, sagte sie.

Die Frau lud sich den Koffer auf den Kopf, und Schwester Severina folgte ihr die Treppen hinunter, wobei sie sich immer wieder an der Wand festhalten mußte, um nicht umzufallen. Es war ihr erster Ausgang nach der Krankheit. In der Pförtnerinnenstube wurde sie von ein paar jungen, ihr unbekannten Schwestern gegrüßt, die offensichtlich von nichts wußten.

Ein alter Chauffeur wartete vor dem Tor des Instituts. Er stützte Schwester Severina und geleitete sie bis zum Auto, wo sie von Maria Teresa, die den Koffer inzwischen abgestellt hatte, mit liebevoller Besorgnis in Empfang genommen wurde.

Hinter den Jalousien eines Zimmers im ersten Stock verfolgte die Mutter Oberin, durch das Motorengeräusch aufgeschreckt, die Abreise.

Schwester Severina schloß die Augen. Maria Teresa hüllte sie in eine dicke Wolldecke und steckte ihr ein kleines Kissen in

den Nacken. Folgsam wie ein Kind ließ die Nonne alles mit sich geschehen.
Nachdem sie Civitella rasch durchquert hatten, fuhr das Auto langsam eine Bergstraße hinauf. Es dauerte nicht lang, und man stieß auf Schnee. Schwester Severina öffnete die Augen.
»Schnee!« rief sie erstaunt. »Liegt auch in Castelvecchio Schnee?«
»Ein bißchen weniger«, sagte Maria Teresa. »Hier sind wir höher, auf dem Paß.« Sie hörte nicht auf, Schwester Severina gerührt zu betrachten. Nach einer Pause meinte sie: »Euer Vater, Don Fulgenzio, wollte die Reise wegen des schlechten Wetters verschieben, aber Donna Teodolinda hat ihn dazu überredet, sein Versprechen zu halten.«
»Wer hat ihn überredet?«
»Eure Stiefmutter, Donna Teodolinda.«
»Meine Stiefmutter?«
Maria Teresa begriff, daß sie ihren Schützling erst über die Situation aufklären mußte.
»Ihr habt sie gekannt, als Ihr ein Kind wart; sie ist die Schwester des Pfarrers, Don Luca. Sie war mit einem Lehrer verheiratet, der vor ein paar Jahren gestorben ist. Sie selbst war auch Lehrerin, an der Mittelschule. Vor etwa einem Jahr hat sie die Schule aufgegeben, um Euren Vater zu heiraten. Wußtet Ihr das nicht?«
Der Fahrer murmelte etwas Unverständliches.
»Was sagst du?« fragte ihn Maria Teresa.
»Sie sind nicht richtig verheiratet«, antwortete er. »Verzeihung, wenn ich mich einmische.«
»Das stimmt nicht. Der Pfarrer, Don Luca, hat sie in der Sakristei getraut, weil Donna Teodolinda ihre Witwenpension nicht verlieren wollte«, erklärte Maria Teresa Severina. »Sie war es, die Euren Vater gegen seinen Willen dazu überredet hat. Beide sind stolze Menschen, aber auf verschiedene

Weise. Euer Vater hatte gottlob die Pension seiner Frau nicht nötig. Aber er hat Donna Teodolinda schließlich nachgegeben, die ihn aus Stolz nicht heiraten wollte, wenn sie diese Pension nicht als Mitgift in die Ehe bringen könnte.«

»Der Pfarrer, Don Luca, ist nämlich der Bruder von Donna Teodolinda«, mischte sich der Fahrer wieder ein.

»Sie ist eine gute Frau. Sie hat einen unabhängigen Charakter, und sie weiß, was sie will«, schloß Maria Teresa leise. »Sie erwartet Euch schon mit Ungeduld.«

»Wie merkwürdig«, flüsterte Schwester Severina, »daß ich davon überhaupt nichts erfahren habe.«

Inzwischen hatte der Wagen die Paßhöhe erreicht und fuhr nun noch langsamer auf der anderen Seite hinunter, da der Schnee immer dichter fiel. Unten im Tal hörte es jedoch ganz auf zu schneien, und die Sicht wurde wieder gut. Schwester Severina erkannte ohne Schwierigkeit die Häuser von Castelnuovo wieder und gleich darauf die nach Castelvecchio abzweigende Straße, die durch Karren und Schneehaufen verengt war. Das Auto fuhr nur noch im Schritt. In der wärmer gewordenen Luft lag ein leichter Geruch von Most und Chrysanthemen.

»Nichts hat sich verändert«, murmelte Schwester Severina.

»Doch, die Menschen«, verbesserte sie der alte Chauffeur. »Die Menschen sind schlechter geworden.«

Der Wagen hielt an der Seite des alten, väterlichen Hauses vor einem Tor.

»Jetzt geht man von dieser Seite ins Haus«, erklärte Maria Teresa. »Vorn hat Don Fulgenzio sein Handelskontor.«

»Was hat er da?« fragte Severina.

»Den An- und Verkauf von Obst. Im Winter hauptsächlich Mandeln.«

Gleich nach der Ankunft des Autos öffnete sich das Tor, und eine noch jugendliche Frau empfing lächelnd Schwester Severina und half ihr beim Aussteigen.

»Fulgenzio«, sagte sie, »mußte aufs Amtsgericht, er kommt aber bald zurück.«
Während sich Maria Teresa um den Koffer kümmerte, nahmen die beiden Frauen vor dem großen Kamin in dem Raum Platz, der in den alten Häusern gleichzeitig als Küche und Eßzimmer dient. Blaß und bewegt betrachtete Schwester Severina schweigend jeden Gegenstand. Im Kamin brannte ein Feuer aus Buchenholz und Rebzweigen. An der Decke hingen Reihen von Würsten, ein paar Schinken und Büschel von reifen Vogelbeeren und roten Pfefferschoten. Auf einem Tisch standen schon ein Krug warmer Milch und hausgemachtes Gebäck.
»Das sind unsere Waffeln, kennst du sie noch?« fragte Donna Teodolinda lächelnd.
Schwester Severina nickte mit dem Kopf.
»Seit meiner Kinderzeit habe ich sie nicht mehr gegessen«, murmelte sie. Das waren ihre ersten Worte seit der Ankunft. Die Stiefmutter kam ihr fast wie eine ältere Schwester vor. Sie war ein wenig füllig, hatte die Hautfarbe der Frauen vom Land und tiefschwarzes Haar, das sie zu einem üppigen Knoten gewunden im Nacken trug. Der Ausdruck ihres Gesichts war offen und herzlich. Schwester Severina fühlte sich beruhigt. Sie war gerade dabei, sich einige Gepflogenheiten aus ihrer Kindheit ins Gedächtnis zu rufen, als ihr Vater kam: ein großer, stattlicher Mann, Bart und Schläfen graumeliert.
»Herzlich willkommen«, begrüßte er fröhlich seine Tochter, die sich erhob und ihm die Hand küßte.
Aber während Don Fulgenzio sich nach ihrer Gesundheit erkundigte, merkte er, daß sie ohnmächtig zu werden drohte, und konnte sie gerade noch rechtzeitig auffangen. Er ließ sie in das Zimmer neben dem Kaminraum bringen, das schon für sie hergerichtet war. Maria Teresa, die sofort herbeigeeilt kam, half ihr dann, sich zu Bett zu legen.
»Das wird der Höhenunterschied sein«, sagte Donna Teo-

dolinda und schloß die Fensterläden ein Stück, um Schwester Severina vor zu grellem Licht zu schützen.
Das Unwohlsein war tatsächlich nur vorübergehend, wie es der rasch herbeigerufene Landarzt von Castelnuovo vorausgesagt hatte. Die Erregung, meinte er, die Anstrengung der Reise, die zarte Konstitution: das sei verständlich. Er verschrieb keine Medikamente, nur viel Ruhe im Bett und eine kräftigende Diät. Die Mahlzeiten, empfahl er, solle sie im Zimmer einnehmen.
Schwester Severina fand sich drein und folgte dem Rat des Arztes. Der Vater schickte ihr jeden Tag einen Blumenstrauß als Guten-Morgen-Gruß aufs Zimmer.

## 7

Ein jäher Temperaturumschwung deutete auf das Ende des Winters hin. Einige Tage lang regnete und windete es. Donna Teodolinda und Maria Teresa wechselten sich darin ab, der Genesenden Gesellschaft zu leisten, die zu kleinen, harmlosen Tricks greifen mußte, um hin und wieder allein sein zu können. Es war ausgemacht, daß von einem Spaziergang ins Dorf nicht die Rede sein sollte, ehe das Wetter schön würde.

Am ersten Sonntag nach Severinas Ankunft in Castelvecchio war es zwischen Donna Teodolinda und Maria Teresa zu einem vertraulichen Gespräch gekommen:
»Das Wetter sieht zwar nicht gut aus, aber die Kirche ist ja nicht weit«, meinte Donna Teodolinda. »Ich würde sie hinbringen.«
»Der Vorschlag, in die Kirche zu gehen, müßte von ihr kommen, aber sie spricht nicht darüber«, erwiderte Maria Teresa.
»Don Luca hat mir gesagt, er würde ihr die Kommunion auch ins Haus bringen; aber ob sie das mag? Das ist bei uns nur bei Schwerkranken der Brauch, und Schwester Severina weiß das.«
»Lassen wir sie in Frieden«, schloß die alte Haushälterin. »Man kann sie zu nichts zwingen.«

Endlich nahm der Himmel zarte und fröhliche Farben an. Auf den Wiesen blühten die ersten Veilchen. Eines Morgens wachte Schwester Severina frisch und gekräftigt auf.

»Gehen wir ein bißchen an die frische Luft?« schlug ihr Teodolinda vor.
Schwester Severina stimmte begeistert zu. Sie hatte sich bereits überlegt, wie sie ihre Schwesterntracht tragen könnte, ohne daß es unbedingt nach Kloster aussah. Mit einem Wollschal verhüllte sie das noch kurze Haar und war schon bald ausgehbereit – zum großen Erstaunen von Teodolinda, die sich beeilen mußte.
»Erinnerst du dich noch an den Weinberg deines Vaters auf der Gemarkung von Passeri?« fragte Teodolinda.
»Steht da noch das Häuschen mit den Rosen?« wollte Severina wissen.
»Ja. Bis ganz dorthin wäre es heute zu anstrengend für dich, aber wir gehen so weit, wie es deine Kräfte erlauben.«
Die Straße führte an einem kleinen Fluß entlang, der zur Bewässerung der umliegenden Felder genutzt wurde. Der einzige Mensch, dem sie begegneten, war ein alter Mann mit einer Angel zum Forellenfischen. Es hieß zwar, daß er nur ganz selten eine fange, aber trotzdem ließ er sich durch nichts davon abbringen.
Donna Teodolinda gestand, sie habe in zwei oder drei Zeitungen die Berichte über Severinas Zeugenaussage in dem Ermittlungsverfahren wegen der Vorfälle auf dem Platz San Camillo de Lellis in Civitella verfolgt. Sie erzählte auch, daß Don Fulgenzio sehr in Sorge um Severina gewesen sei. Von ihren Gesprächen erzählte Donna Teodolinda allerdings nichts. Niemand wußte genau, warum und für wie lange Schwester Severina nach Hause gekommen war. Man vermied alle Fragen und alle Anspielungen, die sie in Verlegenheit hätten bringen können. Donna Teodolinda hatte lange gezögert, bevor sie das Gespräch auf das Ermittlungsverfahren brachte, und als sie es tat, geschah es nicht aus Neugier, sondern in dem Gefühl, daß sie Severina damit vielleicht aus ihrem Schweigen heraushelfen könnte.

»Woher hast du nur den Mut genommen?« fragte Teodolinda. »Wenn man dich so sieht, so schüchtern und respektvoll, würde dich niemand für fähig halten, gegen die Polizei auszusagen, noch dazu in einem Verfahren, auf das die Polizei selbst Einfluß genommen hat.«

»Vor der Polizei habe ich noch nie Angst gehabt, weder jetzt noch damals«, antwortete Schwester Severina. »Die einzige ernsthafte Schwierigkeit, mit der ich fertig werden mußte, war die Mutter Oberin.«

Sie zögerte ein bißchen, dann entschloß sie sich zu reden.

»Der Zusammenstoß zwischen den Arbeitern und der Polizei ist nicht von den Arbeitern ausgegangen, sondern von der Polizei bewußt provoziert worden. Das wäre jedem, der die Ereignisse hätte verfolgen können, deutlich geworden. Trotzdem sind sogar einige der Arbeiter, die an dem Konflikt beteiligt waren, von der Polizei so eingeschüchtert und irgendwie erpreßt worden, daß sie alles bezeugten, was man von ihnen verlangte. Und die Presse, vor allem die katholische, hat auch nur die offizielle Version wiederholt. Konnte es die Aufgabe einer Klosterfrau sein, der Wahrheit zum Recht zu verhelfen? Theoretisch erfordert die religiöse Berufung eine Abkehr von den Dingen dieser Welt. Aber ein Geistlicher vom Ordinariat hat behauptet, es sei die Pflicht einer Klosterfrau, im Sinne der Polizei auszusagen, auch wenn sie die Dinge mit eigenen Augen anders gesehen habe. Das war zuviel. Ich kannte die Wahrheit. Unglückseligerweise war die Mutter Oberin einer Meinung mit dem Geistlichen. So blieb mir nichts anderes übrig, als nach meinem eigenen Gewissen zu handeln, als Zeugin aufzutreten und ganz einfach alles zu erzählen, was ich gesehen hatte.«

»Und diesen Kraftakt hast du mit einer schweren Krankheit bezahlt«, sagte Teodolinda.

»An dem Morgen, an dem ich mich dem Verhör des Richters stellen mußte, hatte ich bereits leichtes Fieber. Aber ich war nicht darauf gefaßt, was für eine heftige Reaktion meine Zeugenaussage bei der Mutter Oberin auslösen würde. Sie ließ mich in ihr Büro kommen, befahl mir, mich auf den Boden zu knien, und beschimpfte mich in der übelsten Weise. Sie warf mir Ungehorsam vor, Hochmut, Überheblichkeit, Geltungssucht, teuflische Verblendung, und das mit einer harten Stimme, die ich gar nicht an ihr kannte. Ich war starr vor Entsetzen, ich hatte das Gefühl zu sterben, ja ich hoffte, ich würde sterben. Schließlich wurde ich ohnmächtig. Sie ließ mich auf dem Boden liegen und ging zum Mittagessen. Erst gegen Abend kam ich in meiner Zelle zu mir. Ich hatte hohes Fieber.«

Der Spaziergang wurde eine ganze Weile schweigend fortgesetzt. Donna Teodolinda faßte Severina unter, da diese ein bißchen müde zu werden schien.

»Jetzt sind wir doch bis zum Weinberg gekommen«, sagte sie plötzlich und blieb vor einem Gittertor stehen. »Du hast es geschafft. Gehen wir hinein, und ruhen wir uns dort ein wenig aus.«

Ein schmaler, von Obstbäumen gesäumter Weg führte zu einem ländlichen Häuschen, an das Schwester Severina eine vage, etwas wehmütige Erinnerung hatte. Auf der einen Seite neben der Haustür rankte ein üppiger Rosenstock mit zahllosen Trieben, auf der anderen stand eine Holzbank.

»Setzen wir uns einen Moment hin«, schlug Teodolinda vor.

Schwester Severina nahm ihre Erzählung wieder auf.

»Ich denke nicht mit Haß an die Mutter Oberin. Sie ist eine gute Frau. Ihr einziger Fehler ist die blinde Unterwerfung unter den Klerus. Aber das ist nicht ihr persönlicher Fehler; das ist das Merkmal fast aller weiblichen Ordensgemeinschaften. Lange Zeit hat sie mich wie eine Tochter behandelt, und ich habe ihr blind gehorcht. Obwohl ich doch an der Universität studiert hatte, habe ich ihre naive Auslegung historischer Fakten akzeptiert. Wenn ich heute darüber

nachdenke, kommt mir meine infantile Gläubigkeit von damals absurd vor.«
Teodolinda faßte sich ein Herz und fragte: »Glaubst du noch an Gott?«
»Ich kann nicht behaupten, daß ich an ihn glaube, aber ich hoffe auf ihn«, erwiderte Severina.
Teodolinda umarmte sie mit Tränen in den Augen.
»In der Gesamtheit des Kosmos sind wir kleiner und ohnmächtiger als die Ameisen«, sagte Severina. »Aber gleichzeitig fühle ich in mir eine Kraft, die über meine physische Erscheinung hinausgeht und mir Mut macht zu hoffen.«
»Es gibt Verwandtschaften, die unabhängig sind von den Banden des Blutes«, sagte Teodolinda ernst. »Jetzt fühle ich mich wirklich als deine Mutter.«
»Darüber bin ich glücklich«, rief Severina bewegt.
Sie hatten kaum den Rückweg angetreten, als ihnen ein Wagen entgegenkam; Don Fulgenzio, über ihr langes Ausbleiben besorgt, hatte sich auf die Suche nach ihnen gemacht.

# 8

Nach der Rückkehr vom Spaziergang setzte sich Severina zum erstenmal mit dem Vater und Donna Teodolinda zu Tisch. Der Spaziergang in der frischen Luft hatte ihr die Blässe genommen und ihren Blick neu belebt. Mit munterer Stimme begann sie, sich nach ihrem Bruder zu erkundigen.
»Roberto«, rief sie, »was gibt es Neues von Roberto?«
»Du weißt doch, er lebt in Turin und arbeitet als Ingenieur bei einer großen Industriefirma.«
»Ja, aber die jüngsten Nachrichten? Wie geht es seiner Frau? Den Kindern?«
»Jüngste Nachrichten haben wir von ihm leider nicht«, antwortete Don Fulgenzio. »Du weißt genausoviel wie wir. Seit er nach Turin gezogen ist, hat er mir nur ein einziges Mal geschrieben. Er wird sehr beschäftigt sein, nehme ich an.«
»Ich hätte so gern wenigstens etwas über die Kinder gewußt«, sagte Severina.
»Oh, irgendwann wird sich Roberto schon wieder melden. Schade, daß sich nicht wenigstens seine Frau die Mühe macht, hin und wieder einen Brief zu schreiben. Schließlich bin ich doch der Großvater dieser Kinder.«
Die Tochter sah ihn voll Zärtlichkeit an.
»Ich hatte so gehofft, daß sich einer von euch beiden für das Gut interessieren würde«, fuhr der Vater fort. »Aber Roberto wollte unbedingt Ingenieur werden, und da mußte er natürlich von hier fort. In Castelvecchio hätte er keine Zukunft gehabt. Doch dafür«, fügte er mit einem Lächeln hinzu, »bist du jetzt wieder aufgetaucht.«
Severina wagte nicht, etwas dazu zu bemerken.

Maria Teresa stellte einen großen Teller mit Nüssen, Mandeln und getrockneten Feigen auf den Tisch.
»Warum trinkst du nicht ein bißchen Wein?« meinte Don Fulgenzio zu seiner Tochter. »Unser Wein ist leicht, erfrischend und sauber. Er paßt sehr gut zu den Nüssen.«
Severina setzte das Glas an die Lippen und trank langsam, dann sagte sie: »Ihr habt recht, Vater. Seit Jahren hatte ich diesen Geschmack vergessen.«
Sie schwiegen eine Weile, knackten Nüsse und tranken Wein. Severina wurde sich bewußt, daß sie sich wohl fühlte, auf eine völlig neue und doch vertraute Weise. Sie hätte es gern gesagt, fand aber nicht die rechten Worte. Statt dessen erhob sie sich, verbeugte sich vor Donna Teodolinda und Don Fulgenzio und zog sich dann in ihr Zimmer zurück.

»Wie du siehst, ist das Ganze hier etwas improvisiert«, sagte Don Fulgenzio und wies mit einer Handbewegung auf die Einrichtung seines Büros. »Erinnerst du dich noch, das war einmal der Hauseingang – tempi passati! Damals habe ich das Gut mit Hilfe eines tüchtigen Verwalters geleitet, ohne mir viel den Kopf zu zerbrechen. Ich hatte Zeit, soviel ich wollte, für Freunde, Bücher, Hunde, Pferde, hin und wieder auch für einen Ball, solange deine Mutter noch lebte. Aber nach dem Tod des alten Gelasio ließen sich keine guten Verwalter mehr finden. Und da ich Gefahr lief, zwischen den unehrlichen und den unfähigen pleite zu gehen, blieb mir nichts anderes übrig, als mich selbst mit diesem Papierkram abzugeben, der mir nicht liegt, kurz: mich um alles selber zu kümmern. Schließlich bin ich so eine Art Kaufmann geworden, und dabei war ich wirklich nicht für den Handel geboren. Aber was soll man machen? Ich tröste mich damit, daß man auf diese Weise jung bleibt. Ist dir kalt?«
»Nein, vielen Dank. Seht Ihr nicht, was ich umhabe? Donna Teodolinda wollte mir das unbedingt schenken.«

Severina war fast ganz in einen weiten Häkelschal aus dunkelroter Wolle gehüllt, aus dem nur der Kopf herausschaute.
»Das steht dir sehr gut, aber wärmt es auch? Man hat noch kein wirksames Mittel gefunden, dieses Loch zu heizen; was soll schon ein elektrisches Öfchen ausrichten können gegen die Hunderte von Wintern, die in diesen Mauern stecken? Hier bekommst du eine Vorstellung von dem Dasein, auf das ich reduziert bin. Doch wenn ich dich recht verstanden habe, wolltest du mit mir reden. Ich habe Anweisung gegeben, daß uns keiner stören darf.«
»Ja, Vater, ich muß mit Euch reden. Aber es ist zuviel passiert, seit ich dieses Haus verlassen habe, und ich weiß nicht, wo ich anfangen soll.«
»Hilft es, wenn ich dir sage, daß Teodolinda mir von eurem Gespräch heute morgen erzählt hat?«
Severina lächelte.
»Euch wird klargeworden sein, daß ich aus dem Kloster ausgetreten bin.«
»Ich dachte es mir.«
»Glaubt mir, es handelt sich nicht um eine vorübergehende Krise. Die Krise war lang, doch ich habe sie überwunden. Es ist traurig, sich das eingestehen zu müssen, aber ich habe mich in meiner Berufung geirrt. Ich hatte den festen Vorsatz, ihr treu zu bleiben, und ich habe es auch versucht. Ich hätte sie nie aufgegeben, solange noch die leisesten Skrupel bestanden, ehe ich meiner Sache nicht ganz sicher gewesen war. Daher«, schloß Severina und versuchte immer noch zu lächeln, »war Eure Rücksicht mir gegenüber überflüssig: Ihr hättet Eure genesende Tochter ruhig in ihrem Zimmer besuchen können.«
»Du mußt viel gelitten haben«, sagte Don Fulgenzio bewegt.
»Jeder leidet auf die eine oder andere Weise, das gehört zum Leben und hat keine Bedeutung«, erwiderte Severina. »Was mich mehr schmerzt, ist, daß ich Euch enttäuschen muß. An

den Landbesitz habe ich nie gedacht, das wißt Ihr. Der Begriff des Eigentums ist mir fremd. Ich bin daran gewöhnt, mich arm zu fühlen. Das ist jetzt kein Gelübde mehr, sondern eine freiwillige Entscheidung. Ich möchte die Armen begreifen, ihr Schicksal teilen, von ihnen als eine der ihren angenommen werden. Diese Zuneigung zu den Armen ist eine vitale Kraft, die ich in meinem Innersten entdeckt habe. Mir ist, als sei sie in einem früheren Leben in mich hineingelegt worden.«

»Severina, auch ich kenne die Armen«, sagte Don Fulgenzio. »Natürlich verstehe ich deine Liebe zu ihnen, dein Mitgefühl mit ihrem Leiden, aber ich fürchte, daß du dir ein idealisiertes Bild von ihnen gemacht hast.«

»Ich liebe die Armen nicht aus Mitleid, Vater«, sagte Severina, »nicht so wie die vornehmen Damen, die den Vorsitz in Wohltätigkeitsvereinen übernehmen. Ich glaube vielmehr, daß ich die Armen, abgesehen von einem unerklärlichen Gefühl der Zugehörigkeit und der Brüderlichkeit, vor allem deshalb liebe, weil sich bei ihnen die menschliche Wahrheit ihre Zuflucht gesucht hat.«

»Schon einmal«, erinnerte sich Don Fulgenzio, »nämlich als du mir von deiner Berufung sprachst, hast du genau die gleichen Worte gebraucht: ›die menschliche Wahrheit‹. Aber damals sagtest du, sie liege im Kreuz.«

»Das glaube ich noch immer, aber vielleicht auf eine etwas andere Weise. Es sind die Armen, die ein schwereres Kreuz zu tragen haben als die anderen. Nicht umsonst wurden sie die Glieder am Leibe Christi genannt; und zwar nicht an dem des auferstandenen Christus, sondern des gekreuzigten. Ich fühle, daß es für mich nur einen Weg gibt, um herauszufinden, wie die Dinge wirklich liegen: zu den Armen gehen, mit ihnen leben und, wenn es möglich ist, werden wie sie. Dabei mache ich mir keine Illusionen, daß der Arme als Individuum die Wahrheit besäße. Ich weiß genau, daß die gei-

stige Not dieser Menschen oft ebenso groß ist wie ihre materielle; daß sie leider oft engherzig, brutal, abergläubisch und egoistisch sind, und wenn es ihnen gelingt, eine kleine Stufe auf der sozialen Leiter emporzusteigen, können sie sogar zu reißenden Tieren werden. Aber wer danach dürstet zu verstehen, sich Klarheit zu verschaffen, der wird, meine ich, wenn er unter den Armen lebt, entdecken, was sich hinter den klassischen Fiktionen unserer famosen alten Zivilisation verbirgt. Die Wahrheit liegt leider nicht im Bewußtsein der Armen, sondern in ihrer Existenz; sie sind darin eingemauert, eingeschlossen, von Kopf bis Fuß. Die Existenz ist hier auf ihr nacktes Wesen reduziert; aber in dieser Beschränktheit liegt der Kosmos. Verzeiht mir, Vater«, schloß Severina errötend, »daß ich Euch eine solche Rede gehalten habe. Aber ich denke schon so lange über diese Dinge nach, und bis jetzt habe ich noch mit niemandem darüber sprechen können.«
Don Fulgenzio enthielt sich jeder Bemerkung, und sie schwiegen eine Weile. Schließlich fragte er: »Es waren also die Vorfälle von Civitella, die dich erkennen ließen, daß das nicht deine Berufung ist?«
»Ja, sie waren entscheidend, weil sie mir die letzten Zweifel nahmen. Für mich ist die Liebe zur Wahrheit der Sinn des Lebens. Im Kloster dagegen wollten sie mir eine Lüge aufzwingen. Dadurch habe ich begriffen, daß ich mich im Weg geirrt hatte; ein Gehorsamsgelübde gilt nicht mehr, wenn es eine Sünde verlangt. Es war falsch, alles war falsch, ich wäre verloren gewesen, wenn ich dort geblieben wäre. Das Ermittlungsverfahren war nur das Ende einer langen Krise. Wenn dieses schreckliche Ereignis nicht einen Jungen das Leben gekostet hätte, könnte ich es geradezu als Befreiung ansehen. Aber auch ohne das Verfahren hätte ich irgendwann Civitella verlassen; es hätte nur länger gedauert.«
»Dieses Verfahren! Ich war sehr besorgt, das kannst du dir

denken. Und heute, nach dem Bericht von Teodolinda, habe ich begriffen, wie recht ich mit meiner Sorge hatte. Wieviel hast du durchmachen müssen! Aber als ich von deinem Verhalten in der Öffentlichkeit gelesen habe, also, ehrlich gesagt, da war ich stolz auf meine Tochter. Ich habe dich als meine Tochter wiedererkannt, die ich schon für immer bei diesen Betschwestern begraben glaubte. Daß du nach etwas suchtest, dem du dein Leben weihen könntest, das war mir sehr früh klargeworden. Aber warum gerade dieses Kloster, warum, warum? Wie oft habe ich mich das gefragt.«

»Vater ...«, sagte Severina.

»Unterbrich mich nicht. Glaubst du, daß es mir leichtfällt, über diese Dinge zu sprechen? Du warst hartnäckig, und ich habe dich gewähren lassen, weil ich dich achte. Als du mir von deiner Berufung erzählt hast, habe ich keine Miene verzogen. Erinnerst du dich?«

»Ja, ich erinnere mich«, murmelte Severina.

»Aber daß dieses Streben nach dem Absoluten im Mädcheninstitut ›San Camillo de Lellis‹ in Civitella enden sollte, also, offen gestanden, das blieb mir, der ich dich habe heranwachsen sehen, unbegreiflich. Ich hatte sogar dem Schicksal gedankt, daß deine Mutter tot war – so weit war ich gekommen. Und dabei war sie gläubig – wie ich es auf meine Weise auch bin.«

»Vater, ich will versuchen, Euch das zu erklären: Während der letzten Jahre auf dem Gymnasium in L'Aquila war ich ernsthaft entschlossen, Medizin zu studieren. Ich wollte eine Ärztin für die Armen werden. Jetzt bereue ich, daß ich es nicht getan habe. Aber dann schicktet Ihr mich für ein Jahr in dieses Internat zu den französischen Schwestern nach Florenz, vielleicht um mir das Provinzielle zu nehmen, ich weiß es nicht. Oh, ich werfe Euch das gar nicht vor, im Gegenteil, mir gefiel es dort sehr gut, und ich liebte Florenz. Die Schwestern waren nicht nur sehr freundlich und gebildet, sie verstanden es auch, in einer Weise über Religion zu sprechen, die mir bis dahin unbekannt gewesen war; das hatte nichts mehr mit dem kindlichen Wunderglauben und der naiven Frömmigkeit zu tun, die mir vertraut waren, von denen ich mich jedoch innerlich löste. Die modernsten Theologen diskutierten mit uns und brachten uns das Evangelium und die ganze Heilige Schrift in einer Weise nahe, als ob wir sie zum erstenmal entdeckten. Sie lehrten uns auch die Grundprinzipien der anderen großen Religionen und den Wert, den diese für uns Christen haben könnten. Eine ganz neue Welt eröffnete sich mir. In dieser Atmosphäre fühlte ich die religiöse Berufung. Sie erschien mir als die entschiedenste Art und Weise, die eigene Existenz hinzugeben. Die Universitätsjahre danach in Rom verstärkten diese Entscheidung noch, und im geheimen bereitete ich mich darauf vor, ihrer würdig zu werden.«

»Du hättest wenigstens zu den Schwestern nach Florenz zurückkehren können«, bemerkte Don Fulgenzio.

»In Florenz waren alle Schwestern für den Unterricht hochqualifiziert. Sie brauchten mich nicht. In Civitella glaubte ich, nützlich sein zu können. Ich gebe zu, daß Civitella eine harte Entscheidung war, aber das Opfer war ein Teil der Berufung. Wenigstens dachte ich das. Von Anfang an, schon als Novizin, mußte ich mir ständig Gewalt antun, da ich die Wahrheit wollte und sie nicht fand. Ich begriff, daß die Kirche auch eine soziale Institution ist und daher Kompromisse mit der Welt schließen muß. Ich versuchte, es zu ertragen. Aber wie ich Euch schon sagte, als die Mutter Oberin darauf bestand, daß ich bei der Polizei lügen sollte, da war das Maß voll. Ich begriff, daß sie in gutem Glauben ihre Pflicht tun wollte, aber ich begriff auch, und zwar endgültig, daß ihr Kloster nicht der richtige Platz für mich war. Keine Berufung ist wahr, wenn sie die Aufopferung des eigenen Verstandes verlangt. Kein Gehorsamsgelübde ist gültig, wenn es

sich gegen das Gewissen richtet. Der Schock hat mich befreit. Ihr könnt Euch gar nicht vorstellen, Vater, wie sicher, frei, gelöst und erhoben man sich fühlt, wenn es dem eigenen realen Ich gelingt, sich aus der Sklaverei des Imaginären zu befreien. Niemand kann mir mehr diesen neuen, einfachen, reinen Sinn nehmen, den jetzt das Leben für mich hat. Und so habt Ihr mich nun hier, lieber Vater. Wie schön ist es doch, Euch wiedergefunden zu haben!«
»Mein liebes Kind«, sagte Don Fulgenzio, »ich bin über dein Vertrauen gerührt. Du hast mir sehr schwerwiegende Dinge erzählt, und du wirst Zeit und Ruhe brauchen, um über deine Zukunft nachzudenken. Hier bist du zu Hause, und wir sind bei dir.«

## 9

Nach einer letzten Kurve erreichte der Autobus, in dem Severina, versehen mit Donna Teodolindas Instruktionen, saß, das enge Tal, in das seine Route führte. Es war über und über grün, ein kleiner Fluß schlängelte sich hindurch, der zahlreiche Gemüsegärtchen und hie und da eine Gruppe von Obstbäumen bewässerte. Bald kam der Bus in dem Dorf an, das die Endstation war. Severina stieg aus, zusammen mit rund zwei Dutzend anderen Reisenden: meist Frauen verschiedenen Alters, die mit Körben und Säcken beladen waren, ein paar alte Männer und ein junger Seminarist. Das Dorf bestand aus etwa hundert armseligen kleinen Häusern, ein paar reichen Villen und einer alten Kirche.

Über dem Dorf erhob sich auf halber Höhe eines vom frisch gespritzten Kupfersulfat bläulich schimmernden Weinbergs ein Gebäude, das in Höhe des dritten Stockwerks in großen roten Buchstaben die Aufschrift ISTITUTO BELLAVISTA trug. Dieses Gebäude war das Ziel von Severinas Reise, ihrem ersten Versuch, eine Anstellung zu finden. Alles in allem machte das Ganze keinen unangenehmen Eindruck. Sie brauchte niemanden nach dem Weg zu fragen, um zu der Anstalt zu gelangen. Mit raschen, munteren Schritten stieg sie den kleinen Hügel hinauf. Donna Teodolinda hatte sie mit einigen neuen Kleidungsstücken ausgestattet, so daß nichts mehr an die Klostervergangenheit erinnerte. Severina sah aus wie eine kleine Dorfschullehrerin.

An der Mauer neben dem Eingangsportal entdeckte sie eine große Messingtafel, auf der die Geschichte des Instituts zusammengefaßt war. Während sie noch las, kam ein junger

Geistlicher aus dem Haus und begrüßte sie überschwenglich. (Die Direktion des Heims war von ihrer Ankunft unterrichtet worden.) Der Geistliche schüttelte ihr herzlich die Hand. »Dottoressa De Angelis?« fragte er, und ohne eine Antwort abzuwarten, erkundigte er sich nach der Fahrt und nach Severinas ersten Eindrücken. Es war ein selbstbewußter, munterer und geschwätziger Typ. »Herr Professor De Magistris hat uns am Telefon von Ihnen erzählt und Ihr großes Loblied gesungen«, fuhr er fort. »Wir werden unser möglichstes tun, doch darüber sprechen wir später.«
Sie traten in die Eingangshalle, ohne daß Severina auch nur ein Wort gesagt hätte. Sie war entschlossen, vor allem einiges über die Art und Weise der Leitung dieser Anstalt in Erfahrung zu bringen, auch wenn das den Absichten ihres Begleiters zuwiderlaufen sollte. Er spürte wohl ihr Mißtrauen, denn er machte ihr unverhohlen Komplimente und versprach lachend, für alle ihre Fragen zur Verfügung zu stehen.
»Wird dieses Institut von Geistlichen geleitet?« fragte Severina.
»O nein«, antwortete der Priester sofort. »Außer mir gehören dem neuen Verwaltungsrat der Stiftung Vertreter aller Parteien an, und von unserem Direktor weiß man, daß er Atheist ist. Aber im Moment befinden wir uns in einer Periode der Umorganisation. Doch darüber sprechen wir noch.«
Die Eingangshalle, in der die Unterhaltung stattfand, wurde von einer überlebensgroßen Bronzebüste des Stifters beherrscht: Die hohe und breite Stirn, der dichte Schnurrbart und der wallende Vollbart entsprachen genau dem Bild des Philanthropen des 19. Jahrhunderts. Die Büste war mit einem enggeflochtenen Kranz roter Nelken geschmückt. Aber etwas ganz anderes erregte sogleich Severinas Aufmerksamkeit. An der Wand hinter der Büste hing die vergrößerte Re-

produktion jener Seite des handschriftlichen Testaments, auf der die Errichtung eines Heims ›für die armen blinden Alten des Dorfes‹ festgesetzt worden war. Die Worte *›die armen blinden Alten‹* waren dabei unterstrichen. Als Severina das las, konnte sie eine gewisse Verwunderung nicht verbergen.

»Seit wann hängt die Reproduktion des Testaments da an der Wand?« fragte sie.

»Seit ein paar Monaten«, erwiderte der Geistliche mit einem Lächeln offensichtlichen Wohlgefallens. Anscheinend glaubte er, mit dieser Information alle Zweifel Severinas über die Anstalt ausgeräumt zu haben. Tatsächlich aber hätte sie sich die Reise erspart, wenn ihr das Testament schon vor ihrer Abfahrt bekannt gewesen wäre.

»Dieses Testament ist von der Demokratie überholt worden«, fügte der Geistliche lachend hinzu. »Vor drei Monaten fand eine endgültige Klärung der Ziele und der Struktur der Stiftung statt. Der Direktor hat zwar wie ein Löwe um die alte liberale Regelung gekämpft, aber er wurde von der Koalition der demokratischen Parteien, genauer gesagt der Volksparteien, überstimmt. Ich werde Ihnen das noch erklären.«

»Wie konnte man bloß ein Heim für Blinde ›Bellavista‹ nennen?« fragte Severina. »Und wie viele Blinde sind hier gegenwärtig untergebracht?«

»Ihre Anzahl wurde sozusagen schon vom Gründer limitiert. Daher die Reform.«

»Aber wie viele sind es?«

»Die in den vergangenen Jahren praktizierten Begünstigungen wurden abgeschafft. Sie stellten in gewisser Hinsicht eine Verletzung des Testaments dar.«

»Und wie viele sind jetzt noch da?«

Doch in diesem Augenblick wurde das Gespräch durch zwei Personen unterbrochen, die in der Eingangshalle erschienen: ein sehr ärmlich gekleideter großer und abgezehrter junger

Mann mit einer schwarzen Brille, wie sie die Blinden tragen, und eine blasse junge Frau, vielleicht seine Schwester, die altmodische Trauerkleidung trug und kränklich wirkte. Das Mädchen hatte das übliche Kleiderbündel unterm Arm, mit dem sich ein armer Kerl in jeder Art von Anstalt oder im Gefängnis präsentiert, und in der anderen Hand hielt sie einen Brief für denjenigen, der die Güte haben mochte, den Mann aufzunehmen. »Die übliche Schererei«, murmelte der Geistliche und ging, opferbereit, auf die beiden zu. Das Mädchen verneigte sich vor ihm wie vor dem Allerheiligsten und reichte ihm den Brief. Kaum hatte er angefangen, ihn zu überfliegen, als ihn ein leichtes Hüsteln unterbrach. Es war der Direktor, ein düsterer, strenger Mann mit Bürstenschnitt und üppigem schwarzem Schnauzbart. Er rührte sich nicht von der Türschwelle, auf der er erschienen war. Der Geistliche beeilte sich, die beiden Bittsteller zu ihm zu bringen, und ehe er mit ihnen verschwand, machte er eine sonderbare Geste, deren Sinn Severina nicht begriff.

Die Erklärung brachte ihr kurz darauf ein kleiner, dicklicher, nicht uneleganter Mann mit einer blökenden Stimme, der sich Severina händereibend vorstellte. Es war der Institutsverwalter.

»Signorina, ich stehe zu Ihrer Verfügung«, sagte er. »Der Gründer verfaßte dieses, sagen wir mal: idealistische, Testament, da ihm die Geschichte eines achtzigjährigen, völlig blinden Greises, den er kurz vor dessen Tod kennengelernt hatte, sehr zu Herzen ging. Dieser Mann war jedoch ein Ausnahmefall.«

»Sind jetzt nur noch wenige da?«

»Keiner mehr, Signorina, keiner. Es war nämlich so: Wenn einer blind oder fast blind und arm, aber jung war, konnte er nicht in ein Heim für arme blinde Alte aufgenommen werden, und natürlich wurde er aufgrund seiner Armut für gewöhnlich sowieso nicht alt. War der Blinde dagegen alt, aber nicht arm, konnte er nach den Bestimmungen ebenfalls nicht aufgenommen werden. Aber jetzt, mit der demokratischen Wende, werden sich die Dinge ändern.«

»Sie werden sich radikal ändern«, mischte sich der Geistliche ein, der wieder zurückgekommen war. Der Verwalter verneigte sich und ließ die beiden allein.

»Bei welcher Partei sind Sie?« fragte der Geistliche.

»Bei keiner«, erwiderte Severina.

»Schlecht. Und ihre Eltern?«

»Das weiß ich nicht.«

»Für wen stimmt Ihr Vater bei den Wahlen?«

»Vielleicht für die Partei, die an der Regierung ist.«

»Ausgezeichnet. Sie werden gut daran tun, dem Beispiel Ihres Vaters zu folgen. Aber im Augenblick empfiehlt sich eine gewisse Sympathie für die Linke. Die Gründe dafür werde ich Ihnen später erklären. Kann ich Sie zum Abendessen einladen?«

»Danke, aber ich nehme meine Mahlzeiten zu Hause ein. Ich habe noch nie außer Haus zu Abend gegessen.«

»Sie streben eine wichtige öffentliche Funktion an und essen abends nicht außer Haus? Haben Sie vielleicht einen Bräutigam?«

»Nein.«

»Um so besser. Ich erwarte Sie also heute abend um acht in diesem Restaurant.« Er schrieb Name und Adresse auf ein Stück Papier und reichte es Severina. »Ich kenne die Wirtin. Sie wird uns etwas Feines kochen. Auf Wiedersehen.«

Der fröhliche Klang einer Glocke rief zum Essen. Gleich danach hörte man verschiedene Geräusche aus den einzelnen Stockwerken des Gebäudes; Stühle wurden gerückt, Türen öffneten und schlossen sich.

Während sich Severina von der Anstalt entfernte, merkte sie, daß ihr das Paar, das kurz zuvor vom Direktor empfangen worden war, folgte. Das Mädchen hatte rotverweinte Augen, unter dem einen Arm trug es immer noch das Bündel, mit dem es hergekommen war, und mit dem anderen stützte es den Mann, der nur mühsam vorankam. Severina verlangsamte den Schritt, und als sie von den beiden eingeholt wurde, blieb sie stehen, um sie zu grüßen. Aber die junge Frau reagierte nur mit einem Kopfnicken und ging weiter.

Der Bus für die Rückfahrt nach Sulmona, der schon an der Endhaltestelle wartete, sollte in wenigen Minuten abfahren. Neben der Haltestelle floß ein Kanal. Severina zerriß das Blatt mit der abendlichen Verabredung in kleine Fetzen und warf sie ins Wasser.

## 10

Donna Teodolindas Bemühungen, für Severina eine angemessene Beschäftigung zu finden, schienen endlich von Erfolg gekrönt, dank der Vermittlung des Direktors der Mittelschule von Castelvecchio, in der Teodolinda einige Jahre lang unterrichtet hatte. Es handelte sich um eine Stelle am humanistischen Gymnasium von L'Aquila für die Fächer Latein und Italienisch, die wegen Krankheit der bereits alten und kurz vor der Pensionierung stehenden Lehrkraft vakant war. Die Bewerbung von Signorina Severina De Angelis, versehen mit einer Kopie ihres Staatsexamens an der Universität Rom, wurde vom Direktor des L'Aquilaner Gymnasiums gut aufgenommen, nicht zuletzt auch wegen der warmen Empfehlung seines Freundes aus Castelvecchio.
Severina brach in Begleitung von Maria Teresa schon einige Tage früher, als sie vom Direktor erwartet wurde, nach L'Aquila auf. Die beiden Frauen logierten sich in einer Pension im Stadtzentrum ein, in der hauptsächlich staatliche Angestellte wohnten; sobald die Anstellung am Gymnasium perfekt wäre, wollten sie sich nach einer kleinen Wohnung umschauen.
Die Pensionsbesitzerin war eine schmächtige Frau mit einem gelblichen Gesichtchen und tiefen Ringen unter den Augen. Sie behandelte ihre neuen Gäste mit äußerster Liebenswürdigkeit. Im übrigen flößte Severina mit ihrem offenen Gesicht und ihrer einfachen Art rasch Sympathie und Vertrauen ein. Sie trug einen Rock und eine hochgeschlossene Bluse mit einer roten Korallenkette als einzigem Schmuck. Ihre zierlichen Hände und Gelenke betonten die Zartheit ih-

rer Figur; das wieder gewachsene Haar trug sie offen, aber nicht nachlässig.

Am Morgen nach der Ankunft der beiden Frauen war das Wetter frühlingshaft, und L'Aquila lag frisch und heiter im Schutze des mächtigen Gran Sasso da. Severina kannte die Stadt, da sie dort die höhere Schule besucht hatte, aber viele ihrer Erinnerungen aus dieser Zeit waren verworren oder auch schmerzlich, wie es für die Jahre der Pubertät bezeichnend ist. In gutem Andenken hatte sie jedoch den heiligen Papst Cölestin V. behalten, und deshalb wollte sie Maria Teresa in die Basilika von Santa Maria di Collemaggio führen, wo er zum Papst gekrönt worden war und später sein Grab gefunden hatte.

»Er hat nach seiner Wahl als fünfundachtzigjähriger Greis die Einsiedlerhöhle oberhalb von Sulmona, in der er lebte, verlassen, und seine Ernennung zum Papst wurde von Königen, Fürsten und Kardinälen begeistert gefeiert«, erklärte Severina. »Trotzdem trat er nach wenigen Monaten freiwillig von diesem hohen Amt zurück, denn er merkte, daß es ihm unmöglich sein würde, das zu bleiben, was zu sein er am meisten ersehnte, nämlich ein guter Christ.«

»Aber er wurde doch heiliggesprochen?« sagte Maria Teresa.

»Ja, von Papst Klemens V., nachdem das Papsttum nach Frankreich, nach Avignon ins Exil gegangen war; sicher auch unter dem Einfluß der französischen Kardinäle, die ihrerseits dem Rat ihres Königs folgten, der – genauso wie Dante, nur aus anderen Gründen – Cölestins Nachfolger, Bonifaz VIII., nicht besonders mochte«, erklärte Severina.

»An welchem Tag wird sein Fest gefeiert?« wollte Maria Teresa wissen.

»Hier in L'Aquila am 19. August, weil er an diesem Tag im Jahr 1294 zum Papst gekrönt wurde und aus diesem Anlaß so viele hochgestellte Persönlichkeiten in die Stadt kamen. Im Dezember desselben Jahres dankte er ab und starb am

19. Mai 1296 in der Gefangenschaft, in die ihn sein Nachfolger verbannt hatte.«

Maria Teresa war von dieser Geschichte beeindruckt und schwieg. Severina hatte ihr nach dem Besuch der Basilika eigentlich die Stadt zeigen und sie damit etwas zerstreuen wollen, aber als sie die alte Frau so in Gedanken versunken sah, begriff sie, daß der Zeitpunkt dafür nicht günstig war. Sie beschloß daher, gleich zum Direktor des Gymnasiums zu gehen und ihn um Informationen über die Lehrpläne in Latein und Italienisch zu bitten, um sich schon im voraus das Unterrichtsmaterial für die Klasse, die man ihr zuteilen würde, beschaffen zu können. Severina war völlig unerfahren im Umgang mit der Bürokratie und dachte, auf diese Weise Zeit zu gewinnen. Sie bemerkte auch nicht, wie ihr unter den großen Arkaden, wo sich um diese Zeit alle möglichen Leute, Berufstätige wie Müßiggänger, drängten, neugierige Blicke auf ihrem Weg zur Schule folgten.

Vor dem Büro des Direktors wurde Severina vom Sekretär gebeten, zu warten, bis dieser sie empfangen könne. Da die Tür zum Büro nur angelehnt war, konnte man hören, wie der Direktor einen Schüler lautstark wegen eines offenbar groben Verstoßes gegen die Disziplin abkanzelte. Worum es dabei ging, war allerdings nicht klar. »Noch einmal eine solche Verfehlung, und dann ist Schluß!« rief der Direktor in drohendem Ton. Und der junge Mann antwortete: »Haben Sie mir noch etwas zu sagen? Oder kann ich jetzt gehen?« und ging hinaus, ohne eine Antwort abzuwarten. Beim Gang durchs Vorzimmer schien er überrascht, Severina dort zu sehen, und grüßte sie respektvoll.

Der Sekretär führte sie gleich darauf ins Büro des Direktors, der eine gewisse Verlegenheit nicht verbergen konnte: Dieser Besuch traf ihn unvorbereitet. Er versuchte daher Zeit zu gewinnen, indem er so tat, als blättere er in Notizen. Schließlich raffte er sich auf und fragte mit gezwungenem Lächeln:

»Sie sind also Schwester Severina?«
»Mein Name ist Severina De Angelis«, lautete die ruhige Antwort.
»Sie haben im Mädcheninstitut ›San Camillo de Lellis‹ in Civitella unterrichtet, nicht wahr?«
»Ja. Wie Sie sicher wissen, handelt es sich dabei um eine gleichgestellte Schule. Aber der Abschluß, auf den ich mich in meiner Bewerbung um die Vertretungsstelle an diesem Gymnasium berufen habe, ist ein Staatsexamen an der Universität Rom. Genügt das nicht?«
Das Lächeln auf dem Gesicht des Direktors erlosch.
»Ich bin wirklich untröstlich«, sagte er schließlich. »Und jetzt um so mehr, als ich Sie persönlich kenne. Aber es hat keinen Zweck, darum herumzureden: Ich kann Ihnen die versprochene Stelle nicht geben. Bis jetzt handelt es sich nur um eine Vertretung, eine Anstellung, die wenig zählt; aber im nächsten Jahr fällt sie unter die Zuständigkeit des Ministeriums.«
Severina erblaßte leicht. Der Direktor machte eine lange Pause in Erwartung eines Einwands. Sie blieb jedoch stumm und nach außen hin völlig ruhig.
»Ich persönlich habe gar nichts gegen Sie«, fuhr er fort. »Im Gegenteil. Ehrlich gesagt, ich habe Ihr Verhalten in diesem berüchtigten Ermittlungsverfahren sehr bewundert. Aber inzwischen hat jemand Einwände gegen Ihre eventuelle Anstellung als Aushilfskraft erhoben. Ich darf Ihnen nicht sagen, wer, aber wie Sie sich denken können, handelt es sich um eine sehr einflußreiche Persönlichkeit. Es tut mir daher außerordentlich leid ...«
Severina gewann ihre normale Gesichtsfarbe zurück. Sie sah den Direktor voll Mitleid an.
»Ich hoffe, Sie verstehen meine Lage«, fuhr dieser fort. »Wir befinden uns in einer Zeit der Unruhen und Demonstrationen, und es ist meine Pflicht, der Schule ein Klima von Frieden und Ausgewogenheit zu erhalten.«

Severina stand auf und verabschiedete sich, wobei sie dem Direktor Frieden und Ausgewogenheit wünschte.

Auch ohne besonderen Grund wollte sie fürs erste noch in L'Aquila bleiben. Doch um Maria Teresa nicht unnötig mit der Nachricht von dem fehlgeschlagenen Besuch beim Direktor zu belasten, erzählte sie ihr etwas von bürokratischen Verzögerungen und überredete sie, einstweilen allein nach Castelvecchio zurückzukehren.

Am Nachmittag kam die Pensionsbesitzerin und fragte Severina überaus höflich und etwas zögernd, ob sie einer Schülerin und einem Schüler, deren Familien sie kenne und schätze, Privatunterricht in Latein geben wolle. »Natürlich gegen entsprechende Bezahlung«, setzte sie hinzu. Severina bedauerte, aber sie müsse leider ablehnen, da sie nicht wisse, wie lange sie in L'Aquila bleibe; im übrigen habe sie noch nie Privatstunden gegeben und fühle sich dazu gar nicht in der Lage. Aber es war nicht leicht, eine Frau, die im Kaufmännischen groß geworden war, loszuwerden. Sie ließ sich auch nicht abwimmeln, sondern sagte: »Die beiden jungen Leute sind bereits da und können selber sicher besser erklären, was sie wollen, als ich.« So blieb Severina nichts anderes übrig, als der Wirtin in den Salon zu folgen, wo diese die beiden Wartenden vorstellte:

»Das sind Elena und Lamberto«, sagte sie. »Um richtig miteinander verlobt zu sein, sind sie noch ein bißchen jung, aber es sind sehr ernsthafte junge Leute.«

Elena war ein mageres Mädchen mit kindlichem Gesicht und üppigem rotem Haar, Lamberto ein athletischer junger Mann mit äußerst lebhaften Augen und einem Schnurrbärtchen nach chinesischem Vorbild. Die Wirtin ließ die drei allein.

»Wir kennen uns bereits«, sagte Severina lächelnd zu Lamberto.

»Ja«, erwiderte er. »Das erstemal habe ich Sie gesehen, als Sie mit einer älteren Frau hier aus dem Haus gingen, und das zweitemal sind wir uns im Vorzimmer des Direktors begegnet.«

»Der Direktor hat mit Ihnen geschimpft, aber ich habe nicht begriffen, warum.«

»Ich habe in einer Protestversammlung der Universitätsstudenten eine Solidaritätserklärung der Gymnasiasten überbracht.«

»Das ist kein Verbrechen, scheint mir.«

Lamberto lächelte zufrieden.

»Das werde ich den Kameraden weitersagen«, meinte er. »Hast du gehört, Elena? Das ist kein Verbrechen!«

»Wir wußten von Ihrer Ankunft durch unseren Mathematiklehrer«, erzählte Elena. »Er bezeichnet sich als einen Christen ohne Kirche.«

»Ich bin bloß eine Lehrerin ohne Schule«, sagte Severina lachend. Und sie erzählte, wie ihr der Direktor aus Liebe zu Frieden und Ausgewogenheit die bereits zugesagte Aushilfsstelle, über die anscheinend schon zuviel geredet worden sei, dann doch nicht gegeben habe. Diese Nachricht rief bei den jungen Leuten laute Empörung hervor, die Severina vergeblich zu dämpfen suchte; schließlich machte sie dem Ganzen ein Ende, indem sie sich herzlich von den beiden verabschiedete. Von Lateinstunden war überhaupt nicht die Rede gewesen.

Den Rest des Abends verbrachte Severina damit, daß sie an Donna Teodolinda einen langen, liebevollen Brief schrieb, in dem sie nur kurz und fast beiläufig den Direktor erwähnte. Es war dies der erste Brief, den Severina ihrer Stiefmutter schrieb, und sie benützte die Gelegenheit, um ihr zu sagen, wie glücklich sie über die Begegnung mit ihr sei.

Am nächsten Tag, als Severina zwischen den Bauern und Händlern, die ihre Ware auf dem Marktplatz auslegten, hindurchspazierte, traf sie durch Zufall den jungen Lamberto mit einer Gruppe Gleichaltriger wieder. Die Schüler begrüßten sie mit großem Hallo, offensichtlich hatte ihnen Lamberto von ihr erzählt.

»Morgen abend gibt es einen Protestzug für die jungen Arbeitslosen«, sagte Lamberto. »Wir schließen uns ihm aus Solidarität an.«

»Vorgestern habt ihr euch dem Protest der Studenten angeschlossen«, bemerkte Severina scherzhaft, »morgen solidarisiert ihr euch mit den jungen Arbeitslosen. Kommt ihr bei all diesem Protestieren denn überhaupt noch zum Lernen?«

»Sie werden sich wundern«, antwortete Lamberto, »aber wir sind fleißige Schüler.«

»Ich würde euch so gern verstehen«, sagte Severina.

»Kommen Sie doch einfach mit!« schlug Elena vor.

»Wird man eine arbeitslose Kleinbürgerin denn überhaupt zulassen?« fragte Severina.

»Wir Kleinbürger sind das Salz der Erde«, verkündete einer aus der Gruppe.

»Wenn Polizisten dabei sind, dann verkörpern die das Proletariat«, sagte ein anderer.

Die Erwähnung der Polizisten weckte bei Severina unangenehme Erinnerungen, und ein Schatten huschte über ihr Gesicht.

»Es handelt sich doch um eine friedliche Demonstration, nicht wahr?« fragte sie. »Es besteht keine Gefahr, daß es zu Krawallen kommt? Niemand wird bewaffnet sein?«

»Von uns bestimmt nicht«, versicherte Lamberto. Dann wandte er sich zu seiner Freundin: »Elena, es ist nur recht und billig, daß die Professoressa De Angelis über unsere Gründe Bescheid wissen will, bevor du sie fragen kannst, ob sie mitgeht. Aber hier, mitten auf dem Markt, scheint mir dafür nicht der geeignete Ort zu sein. Außerdem haben wir gleich Griechisch – in genau sieben Minuten.«

»Schenkt mir nur noch eine einzige von diesen Minuten«, unterbrach ihn Severina, »um euch etwas Grundsätzliches zu fragen: Würdet ihr Gewalt zulassen, wenn es um einen guten Zweck ginge? Bitte haltet mich nicht für feige, aber es ist eine Frage des Prinzips.«
»Sie und feige!« rief Lamberto. »Treiben wir keinen Scherz mit ernsten Dingen. Wir sind friedliche Demonstranten. Wir protestieren gegen die Gewalt, die physische wie die moralische. Wir glauben nicht, daß der Zweck die Mittel heiligt. Wir sind für den passiven Widerstand, im Höchstfall für den zivilen Ungehorsam, aber nie für Waffen. Unsere einzigen Waffen sind die Worte, wenn sie nötig werden. Wir fühlen die Notwendigkeit, uns auf die Seite der Unterdrückten zu stellen, aber gerade Ihnen wage ich nicht zu sagen, daß man vor allem über das Herz zum Revolutionär wird. Ihnen braucht man solche Dinge nicht zu erklären. Dagegen würden wir Sie gern ein bißchen über die hiesige Situation aufklären. O Gott, Kinder, wir müssen laufen, sonst fordert dieser verdammte Direktor noch meinen Kopf auf einem echt aquilanischen Kupferteller. Professoressa De Angelis, würden Sie uns die Ehre geben, heut abend mit uns eine Pizza zu essen? In einem stillen Lokal, wo man in Ruhe miteinander reden kann?«
»Mit dem größten Vergnügen«, erwiderte Severina lächelnd.
»Elena, du holst die Professoressa ab. Paßt es Ihnen um acht?«
»Ich werde fertig sein«, sagte Severina.
»Also dann, bis heut abend.« Und Lamberto rannte seinen Freunden nach, die schon zum Gymnasium liefen.

Um diese Zeit war die Pizzeria noch ziemlich leer. Am Tisch entdeckte Severina ein neues Gesicht.
»Ich habe gedacht, es könnte Sie interessieren, einen unserer arbeitslosen Freunde kennenzulernen, die morgen die Hel-

den des Tages sein werden«, sagte Lamberto. »Das ist Remo.«
Der junge Landarbeiter sah Severina mit verlegenem Lächeln an. Sie fragte ihn, warum er arbeitslos sei, aber seine Antwort war ziemlich verworren. Lamberto versuchte zu erklären.
»Vor der Landreform im Fucino-Becken 1951 war der Vater dieses Jungen ein Landarbeiter, das heißt Tagelöhner, was kaum besser ist als arbeitslos. Jetzt, wo man im Fuciner Becken vor allem Zuckerrüben und Kartoffeln zur industriellen Nutzung anbaut, hat sich die Lage der Bauern und Landarbeiter verändert. Bei diesen zwei großen Ernten fällt zwar sehr viel Arbeit an, aber die modernen Landwirtschaftsmaschinen reduzieren zugleich den Bedarf an Handarbeit. Dagegen benötigen die große Zuckerfabrik, in der die Rüben zu Zucker verarbeitet werden, und die Stärkemehlfabrik, in der aus Kartoffeln Kartoffelmehl gemacht wird, sowie ein paar Käsereien zahlreiche Arbeitskräfte. Viele ehemalige Bauern haben sich rasch den neuen Bedingungen angepaßt, denn sie wußten, wie man mit den Produkten ihres Bodens umgeht.«
Remo nickte. »Die hatten Glück«, sagte er. »Von dieser Arbeit hätten wir was verstanden. Aber es war nicht Platz für alle.«
»Genau«, bestätigte Lamberto. »Wie im Fucino ist auch in anderen Gebieten der Abruzzen die Landwirtschaft modernisiert worden und braucht nicht mehr so viele Arbeitskräfte, zum Beispiel keine Tagelöhner. Ich bin kein Experte in diesen Dingen – aber vielleicht hätte man überall den industriellen Zweig der Landwirtschaft stärker ausbauen können, so wie im Fucino, und dann hätten zum Schluß alle Arbeit gefunden. Doch das war nicht der Fall. Ich habe noch einen Faktor vergessen, der erheblich dazu beigetragen hat, die Arbeitslosigkeit zu erhöhen, nämlich das langsame Ster-

ben der Handwerksbetriebe. Nach und nach verschwinden die kleinen Schuster, die kleinen Schreiner und so weiter. Das läßt sich nicht aufhalten, das passiert überall. Die Massenproduktion der Fabriken macht sie kaputt. Es ist nicht die Aufgabe eines Gymnasiasten, dieses Problem zu lösen, aber vielleicht wäre es die der lokalen Behörden, doch die sind entweder gleichgültig oder unfähig. In Italien, scheint es, kommen alle Initiativen aus dem Norden. Einige große Industriefirmen aus Norditalien sind hier aktiv geworden, aber leider ohne den nötigen Verstand, so daß man eigentlich sagen kann, in die gegenwärtige mißliche Situation hat uns der Norden gebracht.«

»Wieso?« fragte Severina.

»Eine Reihe von norditalienischen Firmen hat in dieser Gegend eigene Filialen errichtet, beispielsweise kleine Fabriken für Plastikwaren, chemische Erzeugnisse und Konfektion. Dann haben sie als Arbeiter ungelernte Bauern eingestellt, die weder etwas von Plastik noch von chemischen Erzeugnissen, noch von Konfektion verstanden. Für sie war alles fremd, sie konnten sich nicht anpassen, also wurden sie entlassen, und jetzt geht es ihnen schlechter als zuvor.«

»Und was erhoffen sie sich von der morgigen Demonstration?« fragte Severina.

»Nichts Bestimmtes, sie wollen nur die Öffentlichkeit auf ihr Dilemma aufmerksam machen, in der Hoffnung, daß vielleicht irgend jemand sich ihrer annimmt. Sie wollen niemandem Schaden zufügen, sie wollen auch keine Mildtätigkeit; das einzige, was sie verlangen, ist Arbeit.«

»Ich habe gestern etwas Dummes gesagt«, meinte Severina, »nämlich, daß ich eine Lehrerin ohne Schule sei. Ich habe mit ernsten Dingen Scherz getrieben. Was bedeutet es schon, ob ich arbeitslos bin? Das ist nur für mein Selbstgefühl wichtig, denn ich weiß, daß ich mein Elternhaus im Hintergrund habe, die Unterstützung und die Zuneigung meiner Familie.

Ich habe immer gedacht, Fabrikarbeit müsse schrecklich sein, eine erniedrigende Sklavenarbeit, aber für den, der nichts anderes hat, muß es noch schrecklicher sein, sie zu verlieren. Ich komme mir so unnütz vor, weil mir gar nichts einfällt, wie ich euch helfen könnte, darum möchte ich mich wenigstens morgen eurem Demonstrationszug anschließen – wenn es euch recht ist.«
Alles applaudierte. »Ihre Beteiligung macht uns stolz und ehrt uns«, sagte Lamberto. »Ich hoffe nur, daß wir Sie nicht enttäuschen.«

## 11

Severina verbrachte eine schlaflose Nacht. Zum Schluß gab sie es auf, in dem vergeblichen Bemühen zu lesen die Nachttischlampe an- und wieder auszuknipsen. Zu viele Dinge hatten sich in den letzten zwei Tagen ereignet, und sie hatte noch keine Zeit gefunden, in Ruhe darüber nachzudenken. Die Verweigerung der Stelle am Gymnasium gleich nach der demütigenden Behandlung in dem fragwürdigen Istituto Bellavista hatte sie erkennen lassen, daß man sie verfolgte, weil sie es gewagt hatte, die Wahrheit zu sagen. Historisch gesehen, brachte sie das zwar in gute Gesellschaft, aber ihre Arbeitssuche würde es wesentlich erschweren. Am besten wäre es wohl, etwas Gras darüber wachsen zu lassen oder aus den Abruzzen fortzugehen und anderswo in Italien Arbeit zu suchen, wohin die Nachrichten von Civitella vielleicht nicht drangen. Aber wohin sie auch ginge, überall würde man von ihr Referenzen verlangen, und welche Referenzen konnte sie angeben, ohne Civitella zu erwähnen?
Natürlich mußte sie jetzt nicht unbedingt Geld verdienen. Ihr Vater wäre glücklich, für sie aufkommen zu dürfen – er würde das diskret tun und ohne ihren Stolz zu verletzen, unter dem Vorwand, ihr für irgendeine Hilfe, die sie ihm, auch fern von Castelvecchio, bei seiner Arbeit leisten könnte, eine angemessene Entschädigung zu zahlen. Aber er wußte auch, daß sie etwas anderes wollte. Und sie, wie sollte sie ohne eigene Mittel den Armen helfen? Nicht daß sie vorhatte, Almosen zu verteilen, das bestimmt nicht; sie hatte noch keinen Plan, aber um frei handeln zu können, mußte sie finanziell unabhängig werden. Sie hatte nicht mit so vie-

len Schwierigkeiten gerechnet, aber offensichtlich gehörten diese zu ihrem Leben außerhalb des Klosters, und sie fühlte sich bereit, sich ihnen zu stellen. Irgendwann würde sie dieses Problem lösen.

Jetzt stürmten jedoch noch andere Probleme auf sie ein. Morgen würde sie vielleicht hautnah mit etwas konfrontiert werden, das sie sich bis dahin nur in Gedanken ausgemalt hatte: der Situation der Arbeiter. Mit dem Herzen hatte sie immer am Leiden der Menschheit teilgehabt, sie war davon durchdrungen. Am liebsten hätte sie selbst entrechtet sein wollen wie alle Entrechteten. Aber wie sollte sie das anstellen, ohne ihren Vater zu verleugnen? Vielleicht war es nicht möglich, wie die Armen zu werden, wenn man nicht unter deren Bedingungen geboren und aufgewachsen war.

Severina träumte davon, für sie wie eine Schwester zu sein. Im Kloster nannten sich die Nonnen untereinander »Schwester«. Sie hatte bestimmt nichts gegen diesen harmlosen Brauch, aber seine wahren Brüder und Schwestern mußte man sich anderswo suchen: bei den vom Leben gedemütigten Menschen, die an ihr Schicksal gekettet und nicht in der Lage waren, sich aus dieser Sklaverei zu befreien. Wahrscheinlich waren nur brüderliche Hände imstande, diese unsichtbaren Ketten zu lösen. Aber auf welche Weise? Was konnte sie schon tun, sie, die im Augenblick noch nicht einmal fähig war, ihr eigenes Schicksal in die Hand zu nehmen? Sie freute sich auf die Teilnahme am Demonstrationszug: Es war zwar nur eine schlichte Geste, aber vielleicht doch schon ein erster Schritt auf dem Weg zu dieser Brüderlichkeit.

Severina fühlte das Bedürfnis, in ihrem Leben einen Punkt zu erreichen, von dem aus sie unbemerkt in die Menge eintauchen, darin verschwinden könnte, um die Menschen so zu sehen und zu erleben, wie sie in Wirklichkeit waren. Noch ein bißchen Zeit, etwas Geduld oder das Glück, eine Arbeit zu finden – und dann wollte sie versuchen, ihr Leben

neu zu planen, es in seiner Gesamtheit zu sehen, sich über den einzuschlagenden Weg und das zu erreichende Ziel klarzuwerden und diesen Weg in Arbeit und Willenskraft auch zu gehen.
Würde es ihr gelingen? Oder war das alles nichts als eine verrückte, anmaßende Idee? Schon einmal hatte sie sich im Weg geirrt, schließlich aber ihren Irrtum eingesehen und korrigiert. Vielleicht hatte sie aus diesem großen Irrtum, der Jahre dauerte, etwas gelernt, vielleicht war sie jetzt dabei, den richtigen Weg einzuschlagen. Sie hoffte es. Ihre ganze Existenz gründete sich inzwischen auf die Hoffnung.

Es wurde Morgen, und Severina hatte kein Auge zugetan. Die Demonstration war auf sechs Uhr abends angesetzt. Wie sollte sie die Zeit bis dahin zubringen? Sie mußte Ruhe in ihrem Kopf schaffen, die Gedanken der Nacht ordnen; sie mußte allein sein. Es hungerte sie geradezu nach reiner, frischer Luft. Der Tag ließ sich herrlich an. In all den Jahren ihrer Schulzeit in L'Aquila war ihr ein großer Wunsch unerfüllt geblieben: auf den Gipfel des Gran Sasso zu steigen. Sie hatte damals in einem Pensionat mit sehr strengen Nonnen gewohnt. Jetzt war sie ein freier Mensch, und es mußte ein leichtes sein, mit der Seilbahn bis zum Campo Imperatore und von dort aus auf den Gipfel zu gelangen. Allerdings wußte sie weder, wie man dorthin kam, noch ob die Zeit dafür reichen würde.
Eilig machte sie sich fertig und begab sich auf die Suche nach der Pensionswirtin, die sie bereits auf der Treppe gehört hatte. Die Wirtin war etwas verwundert über Severinas plötzlichen Einfall, noch dazu in aller Herrgottsfrühe, aber schließlich erklärte sie ihr, wo die Haltestelle war und um welche Zeit der Bus fuhr, der sie zur Seilbahn bringen würde. Severina war so ungeduldig, daß sie am liebsten sofort das Haus verlassen hätte, aber die Wirtin bestand dar-

auf, daß sie zuerst wenigstens einen heißen Milchkaffee zu sich nahm. Sie wollte ihr auch Proviant zum Mitnehmen herrichten, da Severina zum Mittagessen nicht dasein würde – als Pensionswirtin war sie wirklich sehr gewissenhaft –, doch Severina bat sie, sich keine Mühe zu machen. Wenn sie Hunger bekäme, würde sie unterwegs schon etwas finden. Sie wollte die Freiheit genießen, nichts außer einem Taschentuch und ein bißchen Geld mit sich tragen zu müssen. »Bis später!« sagte sie fröhlich zu der Wirtin, bevor sie sich mit raschem Schritt auf den Weg zur Bushaltestelle machte.
Zu dieser frühen Stunde war sie der einzige Fahrgast in der Seilbahn. Sie war überhaupt nicht müde. In der stärkenden Luft und durch die Erregung, nach oben zu schweben, fühlte sich Severina wie neugeboren. Die Seilbahn brauchte ungefähr eine halbe Stunde, um sie bis zum Campo Imperatore zu bringen. Von dort schlug Severina einen Serpentinenpfad ein, der zum Gipfel führte. Der Weg war steil und steinig und manchmal so schwer zu gehen, daß sie sich mit den Händen aufstützen mußte, um nicht auszugleiten.
Auf dem Gipfel angelangt, hatte sie das Gefühl, die ganze Natur um sie herum sei eben erst erschaffen worden. Sie hätte am liebsten an Gott geglaubt, um ihm für den herrlichen Anblick danken zu können, der sich nach jeder Seite hin vor ihr auftat. Vom Velino bis zur Maiella überragte der heilige Berg, auf dem in früheren Jahrhunderten so viele Eremiten Zuflucht gesucht hatten, die Hälfte der Abruzzen. Im Westen konnte sie das Tyrrhenische Meer erkennen, im Osten hatte sie die Adria ganz nahe. Wahrheit und Schönheit waren für Severina immer untrennbar miteinander verbunden gewesen. Obwohl sie nie einen überzeugenden Beweis für die Existenz Gottes gefunden hatte, war es für sie offenkundig, daß diese Herrlichkeit aus Himmel, Erde, Bergen und Meeren die Schöpfung irgendeiner übernatürlichen Kraft sein müsse. Natürlich konnte sie nicht an Gott glau-

ben, bloß weil sie auf den Gran Sasso gestiegen war; aber eine heimliche Hoffnung fing an, wie ein winziges Pflänzchen in ihr Wurzeln zu schlagen.
Lange blieb Severina dort oben. Sie fühlte sich unendlich klein vor dieser ungeheuren Weite, und doch von einer gewaltigen Kraft durchdrungen. Sie hob einen kleinen Stein vom Boden auf und steckte ihn in die Tasche, bevor sie sich an den Abstieg machte.

Wieder in der Pension, machte sich Severina frisch, und als sie von der Wirtin gedrängt wurde, etwas zu essen, auch wenn es nicht Essenszeit sei, bemerkte sie zu ihrer eigenen Überraschung, daß sie Hunger hatte. Alle ihre Gedanken waren jetzt auf den Demonstrationszug gerichtet. Sie hatte noch nie an so etwas teilgenommen. Unterwegs hatte sie bereits eine gewisse Unruhe in der Stadt wahrgenommen, Plakate mit der Aufschrift »Wir wollen Arbeit« und ähnlichen Parolen sowie Spruchbänder, auf denen der jeweilige Heimatort der Demonstranten angegeben war.

Elena kam pünktlich, um sie abzuholen, und entschuldigte Lamberto, der noch mit den Vorbereitungen beschäftigt sei; sie würden sich jedoch bald treffen. Er hatte ihnen geraten, sich ziemlich am Anfang des Zuges einzuordnen, hinter ihm, so daß er sie im Auge behalten könne. Er sehe zwar keine Schwierigkeiten voraus, hatte er gesagt, aber Vorsicht sei immer besser.
Der lange Zug setzte sich mit nur fünf Minuten Verspätung in Bewegung. Severina und Elena gingen, Lambertos Rat folgend, in den ersten Reihen. Mit Ausnahme einiger Studentinnen beteiligten sich kaum Frauen an dem Zug, aber viele schauten von den Fenstern aus zu. Ein paar ältere Männer gingen mit, die übrigen waren alle jung: Schüler und Studenten zusammen mit ehemaligen Bauern und Handwer-

kern, die jetzt arbeitslose Fabrikarbeiter waren. Viele Teilnehmer reihten sich erst unterwegs ein.

In gleichmäßigem, langsamem Rhythmus skandierten sie die Parolen, die auf den mitgeführten Plakaten standen: »Laßt uns unser Brot verdienen!« »Wir wollen keine Almosen!« »Gebt uns Arbeit!« »Wir fordern Gerechtigkeit!« Hin und wieder wurden die Sprechchöre durch Lieder abgelöst, die Severina unbekannt waren. Ab und zu der Ruf: »Zur Präfektur!« Unter den alten und neuen Arkaden entlang der Hauptstraße standen reglos Karabinieri und Polizeibeamte. Severina schrak zusammen, doch Elena erklärte ihr, die seien immer dabei; sie hätten die Pflicht, während einer öffentlichen Demonstration die Ordnung zu gewährleisten.

Als der Zug sein Ziel, die große Piazza, erreicht hatte, löste sich seine Formation sofort auf, und er füllte bald den ganzen Platz. Gruppen von Karabinieri und Polizisten standen an den vier Ecken postiert. Viele Neugierige waren noch zu der Menge gestoßen, und es entstand ein wirres Gedränge. Ein Gewerkschaftler mahnte durchs Megaphon zu Ordnung und Ruhe, aber keiner hörte auf ihn. Alles schrie durcheinander. Daraufhin kletterten ein paar andere Gewerkschaftler, Arbeiter und Studenten auf die Steinstufen, die die Sallust-Statue in der Mitte der Piazza umgeben. Von dort übersahen sie die Menge und konnten von allen gesehen werden. Die jungen Leute erinnerten die Demonstranten daran, daß es sich um eine friedliche Protestaktion handle; dann fingen sie an, ihre Anliegen vorzutragen; sie wandten sich dabei an die Karabinieri, die Polizei, die Unbeteiligten und Neugierigen und erläuterten ihnen die Gründe der Arbeitslosen: Sie wollten nichts als Arbeit, Gerechtigkeit und Frieden und daß jemand sie anhöre, ihnen helfe, aber nicht mit Almosen; alle, die sich hier versammelt hätten, seien anständige, friedliche Leute. Auf dem Platz erhob sich begeisterte Zustimmung, aber jegliche Ordnung war endgültig dahin.

Plötzlich hörte man die Befehle der Polizei: »Alles hinter die Absperrung! Niemand darf durch die Absperrung!« Aber wo war die Absperrung? Eine geschlossene Reihe von Karabinieri drängte quer über den Platz, in dem Versuch, ein Drittel davon abzusperren. »Alles zurück! Hier darf keiner durch!« Aber die Menge konnte sich nicht so schnell auflösen. Diejenigen, die versuchten, sich hinter die Absperrung zurückzuziehen, wurden vom Druck der ungeheuren Menschenmasse wieder auf die andere Seite zurückgedrängt. »Alles zurück! Hier darf keiner durch!«

Severina suchte den Anweisungen zu folgen und mühte sich zu begreifen, was vor sich ging. Plötzlich stellte sie mit Entsetzen fest, daß Elena nicht mehr bei ihr war; sie mußte in dem Durcheinander abgedrängt worden sein. Aber wohin? Sie konnte sie nirgends entdecken. Mit verzweifelter Kraft gelang es Severina, sich einen Weg durch die Menge bis zur Sallust-Statue zu bahnen und auf die Stufen zu steigen. Sie merkte nicht einmal, daß ihre Kleider zerrissen waren. Von der Höhe der letzten Stufe aus überblickte sie den ganzen Platz. Elena war eine so kleine Person, wie sollte man sie entdecken? Wo war sie? Auf welcher Seite sollte man nach ihr suchen? Mit Schaudern erinnerte sich Severina an den Platz von Civitella.

Minuten vergingen. Die Karabinieri begannen in die Luft zu schießen. In diesem Augenblick erkannte Severina Elena an ihrem flammend roten Haar. Etwas anderes sah man nicht von ihr. Elena war vor der Absperrung in der Menschenmenge eingekeilt und versuchte, auf die andere Seite zu kommen; plötzlich fiel sie hin. Severina begann zu rufen, aber ihre Stimme konnte das Mädchen nicht erreichen. Doch Lamberto hatte Severina gehört und gesehen. Er rief ihren Namen, beschwor sie, zu warten und nicht weiterzugehen, aber er schaffte es nicht, zu ihr durchzudringen, und sie achtete nicht auf ihn.

Severina stieg die Stufen herunter und stürzte sich in die Menge, bahnte sich mit den Ellbogen einen Weg. Immer häufiger schossen die Karabinieri in die Luft. »Entschuldigt, aber ich muß ein Kind holen«, stammelte sie vor sich hin, und irgendwie gelang es ihr, durch die Absperrung und zu Elena zu kommen. Sie ergriff sie am Arm und begann auf dem immer noch überfüllten Platz den Kampf um den Rückweg. Wieder fiel ein Schuß. Severina machte ein paar Schritte, dann krümmte sie sich zusammen und fiel hin. »Warum?« fragte sie, bevor sie das Bewußtsein verlor. Elena schützte sie mit ihrem Körper, damit sie nicht von der Menge zertreten wurde, und schrie: »Ihr habt sie umgebracht! Ihr habt sie umgebracht! Lamberto! Lamberto!« Karabinieri stürzten herbei, drängten die Leute weg, um Platz zu schaffen.

»Was ist passiert?« »Es ist doch nur in die Luft geschossen worden!« »Wie ist das möglich?« »Einer muß gestoßen worden sein, und die Geschoßbahn hat sich geändert.« »Oder die Kugel ist vom Boden abgeprallt.« »Wir haben nicht auf Menschen geschossen!« »Vielleicht ist sie gar nicht tot.« »Sie hätte doch bloß auf der anderen Seite der Absperrung bleiben müssen.«

»Da war sie ja!« schrie Elena. »Sie ist herübergekommen, um mich in Sicherheit zu bringen. Sie hat geglaubt, ich wäre in Gefahr. Sie hat es für mich getan. Versteht ihr?«

Entsetzt kam Lamberto hinzu. »Signorina De Angelis ist getroffen!« schrie er, »Severina ist getroffen!« Der Schrei wurde von Hunderten von Demonstranten aufgenommen. »Severina ist getroffen!« Andere Rufe: »Wer ist Severina?« »Eine junge Frau ist getroffen!« »Eine junge Frau ist erschossen worden!« »Wer ist es?« »Erschossen, erschossen, erschossen!«

Es war erschreckend. Überall herrschte Chaos, Panik unter den Arkaden, Rolläden wurden krachend heruntergelassen. Den Karabinieri gelang es, die Menge mit Gummiknüppeln zu zerstreuen. Zu den Männern, die Severinas reglosen Körper aufheben wollten, sagte Lamberto: »Rührt sie nicht an! Man darf sie nicht bewegen! Ruft sofort einen Arzt, die Ambulanz! Es ist keine Zeit zu verlieren! Keine Diskussionen! Wir wissen, daß es ein Unfall war, wir sind Zeugen, daß ihr sie nicht treffen wolltet.«

Eine Minute später hörte man die Sirene eines Polizeiwagens, der sich in Richtung Krankenhaus entfernte. Lamberto hob Severinas Augenlider hoch und legte einen Finger an ihre Lippen. »Sie ist nicht tot«, sagte er zu Elena. »Sie atmet.« Severina öffnete die Augen, schaute die Freunde an, lächelte und sagte: »Es ist nichts«, dann verlor sie erneut das Bewußtsein.

Lamberto wagte nicht, sie vom Straßenpflaster aufzuheben. Er deckte sie daher wenigstens mit seiner Jacke zu. Sie waren immer noch von einem Ring von Karabinieri umgeben, trotzdem gelang es Remo, zu ihnen vorzudringen. Zu den Karabinieri gewandt, rief er schluchzend: »Sie hat es für uns getan! Für uns! Bis gestern hat sie überhaupt nichts von uns gewußt, aber sie hat Mitleid bekommen mit unserer Lage, und da hat sie uns helfen und heut abend mitgehen wollen.«

»Hör auf, Remo, sei still«, sagte Lamberto. »Es geht jetzt nicht darum, Gedenkreden zu halten, sondern ihr das Leben zu retten, wenn das noch möglich ist. Wo bleibt denn bloß die Ambulanz?«

In diesem Augenblick hörte man die Sirene näher kommen.

»Oh, Herr Doktor, wie gut, daß Sie gekommen sind«, rief Lamberto, als er einen Freund seines Vaters erkannte.

»Es soll sich um ein Geschoß handeln«, sagte der Arzt.

»Ja, aber wir wissen nicht, wo es eingedrungen ist, wahrscheinlich im Rücken«, sagte Lamberto.

Der Arzt fühlte Severina den Puls, hörte die Herztöne ab, dann legten sie die Sanitäter auf die Trage. Zu Lamberto sagte der Arzt: »Kommen Sie auch mit.«

Bevor er in den Krankenwagen stieg, trug Lamberto Elena auf: »Man muß ihren Vater in Castelvecchio benachrichtigen, aber ohne ihn allzusehr zu beunruhigen.«
»Ich versuche gleich zu telefonieren, dann komme ich nach«, antwortete Elena und lief über den Platz, auf dem immer noch viele Menschen in Gruppen herumstanden und über den Vorfall diskutierten.

## 12

Severina blieb die ganze Nacht im Operationssaal, betreut von einem Team Chirurgen und Anästhesisten. In einem kleinen Zimmer warteten wortlos Lamberto, Elena und Remo. Plötzlich fing Remo zu weinen an und sagte: »Es ist unsere Schuld, es ist alles unsere Schuld«, aber Lamberto brachte ihn zum Schweigen.

»Es ist niemandes Schuld«, sagte er. »Es ist ein schreckliches, absurdes Unglück. Signorina De Angelis war das Chaos bei solchen Großveranstaltungen nicht gewöhnt und wollte Elena aus einer Gefahr retten, in der sie sich gar nicht befand. Wenn überhaupt jemand, dann wäre ich dafür verantwortlich. Aber wie konnte man das voraussehen? Es ist so absurd, ich habe das Gefühl, ich werde verrückt.«

Noch vor Tagesanbruch wurde Lamberto von dem Arzt, den er kannte, gerufen.

»Das Geschoß ist entfernt worden«, sagte er zu Lamberto.

»Dann ist sie also gerettet?«

»Die Prognose ist unsicher. Man sollte die Angehörigen benachrichtigen.«

»Das haben wir schon gestern abend getan. Aber was bedeutet das? Wie geht es ihr jetzt?« fragte Lamberto bedrückt.

»Wir tun wirklich alles, was in unseren Kräften steht, glauben Sie mir, Lamberto. Mehr kann ich Ihnen nicht sagen.«

Als er zu den anderen zurückkehrte, fiel es Lamberto nicht schwer zu erraten, wer der große, bärtige, distinguierte Herr war, der die Treppe herauf- und ihm entgegenkam.

»Signor De Angelis? Wir sind Freunde Ihrer Tochter. Es war meine Verlobte, die Sie angerufen hat. Wir erklären Ihnen nachher, wie es zu diesem tragischen Unfall gekommen ist. Ich glaube, Ihre Tochter ist noch im Operationssaal. Ich gehe mit Ihnen, um den Arzt zu suchen, ich habe gerade mit ihm gesprochen.«

Als sie allein waren, erklärte der Arzt Don Fulgenzio, wie es um Severina stand.
»Signor De Angelis, alle hier vollbringen fast schon Wunder, aber es ist meine Pflicht, Ihnen im Vertrauen zu sagen, daß die Prognose mehr als unsicher ist.«
Don Fulgenzio wurde blaß.
»Besteht also keine Hoffnung?«
»Das habe ich nicht gesagt. Sie ist noch jung. Wir sind zwar keine Optimisten, aber auch keine Propheten.«
»Kann ich meine Tochter sehen?«
»Jetzt nicht; sie ist noch in der Narkose, und danach müssen die nötigen postoperativen Maßnahmen durchgeführt werden. In vier Stunden, würde ich sagen. In der Zwischenzeit können Sie hier nichts tun; versuchen Sie doch, sich ein wenig auszuruhen. Und sagen Sie bitte auch diesen jungen Leuten, die die ganze Nacht hier gewacht haben, daß sie heimgehen und schlafen sollen. Wir werden Sie alle noch brauchen – und wir haben nicht genügend Pflegepersonal, um euch zu versorgen, wenn ihr hier vor Erschöpfung umfallt«, sagte der Arzt lächelnd und drückte Don Fulgenzio die Hand.
»Ich danke Ihnen und allen, die meiner Tochter beistehen«, erwiderte Don Fulgenzio, bevor er ging. Aber ihm war nicht danach, das Krankenhaus zu verlassen. Er suchte sich einen kleinen Raum, wo er die Stunden zubringen konnte.
Lamberto, Elena und Remo verließen das Krankenhaus durch einen Nebenausgang. Als sie um die Ecke bogen, sahen sie, wie sich vor dem Hauptportal Journalisten und Fotografen, Sympathisanten und Neugierige drängten, die von Karabinieri und Polizisten zurückgehalten wurden. Die

Nachricht hatte sich in vielerlei Versionen bereits am Abend verbreitet; danach war sie im Rundfunk durchgegeben worden, und jetzt waren soeben die Morgenzeitungen erschienen.

Endlich durfte Don Fulgenzio zu Severina ins Zimmer. Sie war blaß und reglos, doch immer noch schön. Eine Krankenschwester, die bei ihr war und die Infusion regulierte, ging hinaus, um die beiden allein zu lassen.
»Also, meine Tochter«, sagte Don Fulgenzio, sich zu einem Scherz zwingend, »du scheinst dem Lehrberuf ja eindeutig die Berufung zur Heldin vorzuziehen. Aber findest du nicht, daß du jetzt etwas übertreibst?«
»Aber ich habe wirklich nichts gemacht, Vater«, erwiderte Severina mit schwacher Stimme und lächelte ihm zu. »Es war lediglich ein absurder Unfall. Was sagen Euch die Ärzte? Mir sagen sie natürlich nichts. Oder sollte man sie besser gar nicht fragen?«
»Ich glaube, sie sind sehr tüchtig«, meinte Don Fulgenzio ausweichend. »Lassen wir sie für den Moment in Ruhe ihre Arbeit tun. Du bist in guten Händen.«
»Vater«, sagte Severina, »ich muß mit Euch über etwas reden, und zwar gleich, bevor andere Besuche kommen. Schon weil Ihr sofort etwas unternehmen müßt. Versprecht Ihr es mir?«
»Ich verspreche es, wenn es sich nicht um etwas allzu Verrücktes handelt.«
»Es ist nicht verrückt, im Gegenteil. Ich bin schon seit einiger Zeit völlig wach und denke darüber nach. Vater, versteht mich recht: Ich habe keinerlei Lust zu sterben. Gerade vorletzte Nacht habe ich noch über mein zukünftiges Leben nachgedacht, und dann – wißt Ihr das? – bin ich gestern früh auf den Gran Sasso gestiegen, um Ordnung in meine Gedanken zu bringen. Es war herrlich da oben! Ich erzähle Euch

das jetzt nur, um Euch davon zu überzeugen, daß ich Lust habe zu leben und daß ich, nur um am Leben zu bleiben, alles tun werde, was die Ärzte von mir verlangen – ich werde eine Musterpatientin sein. Ich hänge jetzt mehr denn je am Leben und möchte keine Minute vergeuden. Glaubt mir das bitte! Aber ich begreife von allein, daß mein Zustand möglicherweise ernst ist. Seid beruhigt, ich habe keine Schmerzen, dafür haben sicherlich die Ärzte gesorgt. Wenn das Schicksal jetzt meinen Tod will, ist es unnütz, sich dagegen aufzulehnen. Aber es gibt eine Möglichkeit, dem Schicksal ein kleines Schnippchen zu schlagen. Nur, man muß sich gleich darum kümmern. Wenn ich dann trotzdem gesund werde und Ihr mich von hier zur Genesung nach Castelvecchio holt, dann sprechen wir nicht mehr darüber, einverstanden?«
»Worüber willst du denn mit mir reden?«
»Ich weiß, daß es hier in der Universitätsklinik Chirurgen gibt, die auf bestimmte Organverpflanzungen spezialisiert sind: Nieren und Netzhaut, also praktisch die Augen. Wenn ich sicher wäre, daß im Fall meines Todes diese Verpflanzungen vorgenommen würden, könnte ich ruhiger sterben. Aber die Ärzte müssen gleich benachrichtigt werden, damit sie sofort zur Entnahme bereit sind.«
Da Don Fulgenzio zunächst keine Worte fand, fuhr Severina fort: »Vater, Ihr seid vielleicht der einzige, der mich verstehen kann. Enttäuscht mich nicht! Das bedeutet ja nicht, daß man sein Todesurteil unterschreibt. Es ist nur eine Vorkehrung, die leicht zu treffen ist und die mich ruhig, ja fröhlich macht. Sonst wäre es wirklich zu schmerzlich zu sterben, Euch zu verlassen, das Leben so rasch und auf so absurde Weise zu verlieren. Bitte tut das für mich, Vater!«
Don Fulgenzio erhob sich.
»Was für eine Tyrannin du doch bist«, seufzte er mit feuchten Augen. »Mich kriegst du immer herum.«

»Ich möchte Euch so gern umarmen«, sagte Severina, »aber ich fürchte, ich darf mich nicht bewegen.«
Don Fulgenzio beugte sich zu ihr herunter und küßte sie auf die Stirn.
Im Korridor traf er Lamberto mit einem großen Rosenstrauß. »Signor De Angelis, darf ich sie sehen?« fragte er.
»Wenn Sie versprechen, sie nicht zu ermüden und niemand sonst hineinzulassen«, erwiderte Don Fulgenzio. »Ich nehme an, daß die Besuche kontrolliert werden, die Krankenschwester kann jeden Augenblick zurückkommen. Gehen Sie rasch hinein, bevor man Sie abweist.«
»Vielen, vielen Dank«, sagte Lamberto und klopfte leise an die Tür. Elena und Remo kamen hinter einer Ecke hervor. »Fünf Minuten«, ermahnte sie Lamberto, »und keine Tränen, verstanden? Lächeln!«

Don Fulgenzio unterzeichnete dann im Beisein Severinas das Schriftstück über Organspenden, da sie selbst keinen Stift mehr halten konnte. Trotz ständiger intensiver Behandlung wurde sie sichtlich schwächer. Dennoch lächelte sie.
»Danke, Vater«, sagte sie. »Jetzt mache ich mir keine Gedanken mehr. Aber erzählt es bitte niemandem. Lamberto scheint bereits sein möglichstes zu tun, um die Journalisten zufriedenzustellen. Er berichtigt die allerabsurdesten Darstellungen des Vorfalls und versucht, das Ganze etwas herunterzuspielen. Stellt Euch vor, wenn die jetzt noch die Geschichte mit der Organbank erführen. Ich mußte richtig lachen, als er die Bemühungen des Direktors vom Gymnasium schilderte, mir ›seine Ergebenheit bezeigen zu dürfen‹, wie er sich ausgedrückt haben soll. Aber vielleicht wißt Ihr die Geschichte mit dem Direktor noch gar nicht?«
»Doch, Lamberto hat mir schon alles erzählt«, erwiderte Don Fulgenzio.
»Im ersten Moment habe ich ihn verachtet, aber jetzt be-

greife ich, daß er nichts dafür kann, wenn er kein Löwe ist. Übrigens soll unten auch die Besitzerin der Pension stehen, eine brave Person, ich möchte sie nicht kränken, aber ehrlich gesagt, mir ist jetzt nicht danach... Dann noch Gewerkschaftler, Arbeiter... sogar der Bürgermeister, der Polizeipräsident und weiß Gott wer sonst alles.«

»Du wirst nur die Besuche bekommen, die du haben willst, nicht mehr als einen auf einmal, und auch die müssen kurz sein. Die Anweisungen deiner Ärzte sind sehr streng.«

»Vater, haltet mir die Hand. Ich fühle mich ein wenig müde, Ihr gebt mir wieder Kraft. Ich möchte ein bißchen so bleiben, ohne zu reden...«

Severina schlummerte ein. Leise trat Donna Teodolinda ins Zimmer und nahm Don Fulgenzios Platz ein. Draußen vor der Tür hielten außer einer Schwester auch noch Polizisten Wache, um zu verhindern, daß sich irgendein Journalist oder Fotograf, der robuster oder durchtriebener als seine Kollegen war, Zutritt verschaffte. Die Presseleute hatten das Krankenhaus bereits von außen aus jeder möglichen Perspektive fotografiert und auf irgendeine Weise sogar das Fenster von Severinas Zimmer herausbekommen. Die Telefonzentrale der Klinik war durch Anrufer, die sich nach ihrem Befinden erkundigten, blockiert. Einigen Journalisten war es schon gelungen, bis in die Gänge vorzudringen, indem sie sich als nahe Verwandte oder enge Freunde ausgaben. Das brachte Don Fulgenzio auf die Idee, Lamberto, der wahrscheinlich die meisten von ihnen kannte, damit zu beauftragen, die Leute gleich am Eingang abzuwimmeln. Man erwarte im übrigen keine weiteren Besuche mehr, fügte er hinzu. Aber genau in diesem Augenblick kam Don Gabriele, korrekt im Talar (als einer Art Passierschein), unten am Krankenhausportal an.

Severina hatte sich ein wenig erholt.

»Weißt du«, sagte sie leise zu Teodolinda, »wenn ich wirklich... ich will ja niemanden kränken, aber weißt du, ich möchte keinen Priester hier haben. Oder höchstens einen einzigen, einen gewissen Don Gabriele aus Civitella, wenn er zufällig herkäme. Vielleicht kommt er, wenn es stimmt, daß mein Name in den Zeitungen steht...«

»Wenn es dein Wille ist«, erwiderte Teodolinda, »dann kannst du dich darauf verlassen, daß wir ihn respektieren. Aber warum denkst du an so traurige Dinge?«

Severina sah sie liebevoll an.

»Vorkehrungen zu treffen heißt ja nicht unbedingt, daß man gleich sterben muß«, sagte sie. »Normalerweise bestimmt man solche Dinge wohl im Testament, aber ich habe noch kein Testament gemacht.«

Es klopfte an der Tür, und Maria Teresa schaute herein.

»Entschuldigt«, sagte sie zu Donna Teodolinda, »entschuldigt, aber ich soll...«

Donna Teodolinda nickte, stand auf und ging aus dem Raum.

»Maria Teresa!« rief Severina. »Du bist auch hier? Das ist ja das reinste Fest!« Leiser fügte sie hinzu: »Hör zu, Maria Teresa, da gibt es etwas, das ich tun wollte, aber so, wie es mit mir steht, wird es vielleicht noch lang dauern. Könntest du nicht in meinem Namen an Roberto schreiben und ihm sagen, daß ich ihn umarme und daß unser Vater sich sehr über einen Brief von ihm freuen würde? Bitte mach das, es ist wichtig. Aber sag es niemand!«

»Der schreibt schon so lang nicht, da kann er auch warten, bis Ihr wieder gesund seid«, erklärte Maria Teresa.

»Nein, tu mir den Gefallen! Du mußt ihm so bald wie möglich schreiben. Dann, wenn es mir bessergeht, schreibe ich ihm auch noch.«

»Ich kann schon einen Brief schreiben, aber eben nicht sehr vornehm.«

»Das macht nichts«, sagte Severina. »Ich bitte dich, tu das für mich! Und denk daran, es ist ein Geheimnis.«

Maria Teresa war ermahnt worden, nicht zu weinen, aber die Tränen wollten sich nicht mehr zurückhalten lassen, als es schon wieder an der Tür klopfte.
»Das ist nicht gerecht!« rief sie. »Man hat mir gesagt, fünf Minuten, und ich bin eben erst hereingekommen! Ich gehe noch nicht!«
Ins Zimmer trat Don Gabriele, er war sehr blaß.
»Keine Sorge, Signora«, sagte er zu Maria Teresa, »bleiben Sie ruhig da; beachten Sie mich gar nicht. Es stimmt zwar, daß ich ein alter Freund von Signorina De Angelis bin, aber als die draußen einen Priester sahen, fanden sie, so einer zähle gar nicht als Besuch – ich sei so gut wie unsichtbar und dürfe herein.«
Severina hätte gern gelacht, aber in Anwesenheit von Maria Teresa wagte sie es nicht. Die alte Haushälterin wußte nicht mehr, was sie sagen sollte, und Severina schlummerte von neuem ein. Maria Teresa küßte ihr Stirn und Hände. Sie hätte gern Don Gabriele, der mit dem Rücken an die Wand gelehnt stand, ausgefragt, aber sein Blick gebot ihr zu schweigen. Dann trat die Schwester herein und bat beide hinauszugehen: Die Ärzte kamen.
In einem kleinen Raum, nicht weit entfernt von Severinas Zimmer, saßen Don Fulgenzio, Donna Teodolinda, Elena und Remo sowie der alte Chauffeur aus Castelvecchio. Maria Teresa und Don Gabriele kamen hinzu. Don Gabriele stellte sich vor, in erster Linie als Freund Severinas, aber die hatte in Castelvecchio bereits von ihm erzählt, und so bedurfte es keiner weiteren Worte von ihm, um herzlich aufgenommen zu werden. Eine schweigende, bohrende Angst hüllte sie alle ein.

Es verging geraume Zeit, bevor die diensthabende Schwester kam, um Don Gabriele zu holen. Als er wieder das Krankenzimmer betrat, sah er Severina mit bewegten Augen an.

»Meine liebe Freundin«, sagte er zu ihr, »wie sehr haben Sie mir in diesen Monaten gefehlt, und wie habe ich auf das Glück gehofft, Sie wiedersehen zu dürfen, und auf die unverdiente Gnade, ein neues Gespräch mit Ihnen führen zu können. Aber ich hätte für immer auf diese Freude verzichtet, wenn ich Sie dafür nicht hier antreffen müßte.«
»Ich bitte Sie, lieber Don Gabriele«, sagte Severina, »nehmen Sie Platz und sprechen Sie nicht in diesem tragischen Ton. Verderben Sie mir nicht diesen glücklichen Augenblick. Von allen Menschen, die ich kenne, mit Ausnahme meines Vaters, aber das ist etwas anderes, sind Sie es, den ich am meisten schätze und für den ich die tiefste Freundschaft empfinde. Das müssen Sie mir aufs Wort glauben, es wäre zu lang, Ihnen die Gründe dafür zu erklären, ganz abgesehen davon, daß Achtung und Freundschaft keiner Rechtfertigung bedürfen. Und daß Sie mich hier wiedersehen«, fügte sie mit einem Lächeln hinzu, »also hören Sie, ein Krankenhaus ist schließlich kein Friedhof! Wehe, wenn Sie so was zu den Ärzten sagen! Bis jetzt habe ich noch nichts von den Wundern der modernen Medizin gewußt. Ich habe nicht die Absicht, mich so leicht unterkriegen zu lassen. Ich hatte fest vor, Ihnen zu schreiben, sobald ich mit meinen Ideen einigermaßen im reinen wäre. Beinahe war ich schon soweit.«
»Ich weiß nichts von Ihnen, seit Sie Civitella verlassen haben«, sagte Don Gabriele. »Ich habe nicht gewagt, Ihnen zu schreiben.«
»Dabei hätte ich mich so über einen Brief von Ihnen gefreut«, sagte Severina, »aber vielleicht wäre ich nicht imstande gewesen, ihn zu beantworten. Ich habe in kurzer Zeit viele Dinge lernen müssen: schöne und häßliche.«
»Das kann ich mir vorstellen«, murmelte Don Gabriele.
»Eines der schönsten Dinge war, daß ich Vater wiedergefunden habe. Ich hoffe, daß ihr beide euch kennenlernt. Ich habe ihm viel von Ihnen erzählt.«

»Ich kann mir nicht vorstellen, was Sie ihm da erzählt haben.«
»Nichts, was Ihnen mißfallen könnte, seien Sie unbesorgt«, sagte Severina lächelnd. »Mein Vater ist nicht bigott. Jetzt erzählen Sie mir ein bißchen von sich.«
»Ihre Abreise«, fing Don Gabriele an, »hat mir endgültig klargemacht, daß auch ich von Civitella weg müßte. Ich weiß weniger denn je, was ich dort eigentlich noch soll. Ich habe mich mit meinen Büchern zurückgezogen und bin für einen Teil der Bevölkerung zum Gegenstand des Spotts geworden. Aber wohin soll ich gehen? Darüber grüble ich nach. Alle Orte sind gleich, solange sich die Seele nicht ändert. Die Freundschaft dagegen bringt selbst die Wüste zum Blühen. Und was könnte ich tun? Ich bin zu alt und verbraucht, um noch als Fabrikarbeiter unterzukommen. Unterrichten, das könnte ich vielleicht, aber keine Mutter würde mir ihren Sprößling anvertrauen, nicht einmal für Privatstunden.«
»Ich habe viel an Sie gedacht«, sagte Severina. »Ihre Probleme sind noch viel größer als meine. Ich habe in diesen Monaten versucht, frei zu werden und der Suche nach meiner Wahrheit zu leben, aber überallhin verfolgt mich der Schatten meiner Vergangenheit. Ich kann es nicht wagen, Ihnen Ratschläge zu erteilen.«
»Es ist schwierig, ein ehrlicher Mensch zu sein«, sagte Don Gabriele.
»Wer ist schon ehrlich, wenn nicht Sie? Ein Mensch wie Sie siegt immer, auch wenn es in den Augen der anderen nicht so aussieht.«
Don Gabriele schwieg. Severina kamen ihre Gedanken von der vorletzten Nacht wieder in den Sinn: Vor ihr saß nun so ein Gedemütigter, ein Unterdrückter, mit dem sie ein tiefes Gefühl der Brüderlichkeit verband.
»Ich würde Ihnen so gern helfen«, sagte sie, »aber ich weiß nicht, wie.«

»Mir genügt es, daß es Sie gibt«, erwiderte Don Gabriele.

Unten am Haupteingang stand Lamberto Schwester Gemma gegenüber, von der er bis dahin natürlich nichts gewußt hatte. Sie befand sich, vorschriftsgemäß, in Begleitung einer anderen Nonne. Schwester Gemmas Leibesfülle schien vor Hitze und Anstrengung dahinzuschmelzen.
»Jesus!« rief sie. »Ich hoffe, ich komme nicht zu spät...«
»Zu spät wofür?« fragte Lamberto ziemlich kühl.
»Für Schwester Severina natürlich.«
»Hier gibt es keine Patientin, die so heißt.«
»Aber wir haben es doch in der Zeitung gelesen! Wir kommen geradewegs aus Civitella! Sie ist meine liebste Freundin! Halten Sie mich nicht hier auf, junger Mann! Sie wissen genau, wen ich meine.«
Lamberto hatte Mitleid.
»Wenn Sie Signorina Severina De Angelis meinen, dann können Sie reingehen«, sagte er. »Aber nur ganz kurze Besuche! Gehen Sie dort hinüber, in den ersten Stock, und da fragen Sie dann.«
Entrüstet würdigte ihn Schwester Gemma keiner Antwort. Sie ließ ihre Begleiterin im Warteraum zurück und klopfte kurz darauf an Severinas Tür. Don Gabriele stand wieder schweigend an die Wand gelehnt. Severinas Augen waren geschlossen. Schwester Gemma heulte bei ihrem Anblick laut los und kniete sich neben das Bett. Mit Gesten versuchte Don Gabriele sie zu mäßigen. Daraufhin verbarg Schwester Gemma ihr Gesicht in einem großen weißen Taschentuch, fuhr aber fort, still vor sich hin zu weinen. Schließlich wandte sie sich an Don Gabriele:
»Haben Sie auch daran gedacht, ihr die Sakramente zu bringen? Die Letzte Ölung?«
Don Gabriele antwortete nicht. Severina, die immer noch die Augen geschlossen hielt, ließ keinerlei Reaktion erken-

nen. Zwei Ärzte kamen herein, blieben ein paar Minuten, dann gingen sie wieder. Kurz darauf traten schweigend Don Fulgenzio, Donna Teodolinda und Maria Teresa ins Zimmer.

Severina öffnete die Augen, und es gelang ihr, allen zuzulächeln, auch Schwester Gemma, die sie jetzt zum erstenmal sah.

Schwester Gemma unterbrach das Schweigen, indem sie herausplatzte:

»Hier haben wir einen Priester, und der tut nichts!«

Donna Teodolinda nahm sie beiseite und erklärte ihr leise Severinas Wunsch.

Schließlich sagte Don Gabriele, wobei er die Worte deutlich betonte: *»Qui perderit animam suam propter me inveniat eam.«*[*]

Aber Schwester Gemma gab nicht auf. Sie kniete wieder neben Severinas Bett nieder, netzte deren Hand mit Tränen und sagte: »Du kannst doch nicht so fortgehen, ohne ein Gebet!«

Mit dünner Stimme erwiderte Severina unter großer Anstrengung: »Weißt du, ich werde weiterleben. Die Augen, die Nieren ...«

»Aber das sind doch nur Stücke deines Körpers«, schluchzte Schwester Gemma. »Was viel wichtiger ist, Severina, ist deine Seele, deine schöne Seele ... Severina, ich flehe dich an, auch im Namen der Mutter Oberin, antworte mir: Glaubst du noch?«

»Ich hoffe, Schwester Gemma, ich hoffe. Mir bleibt die Hoffnung.«

Das waren die letzten Worte, die von ihren Lippen kamen.

* Wer sein Leben verliert um meinetwillen, der wird es finden. Matth. 10,39

O Herr, gib jedem seinen eignen Tod.
*Rainer Maria Rilke*

Quando verrà, che almeno ci sorprenda al lavoro.*
*Benedetto Croce*

# Wettlauf mit dem Tod
# Zur Geschichte des Manuskripts**

Es wäre ungerecht und ungenau, *Severina* als den »letzten Roman von Ignazio Silone« zu bezeichnen. Wer das kleine Werk gelesen hat, bedarf dieses Hinweises sicherlich nicht. Es war Silones Absicht gewesen, daß dies sein letzter »Roman« werden sollte, und er hatte verzweifelt versucht, ihn zu Ende zu bringen, doch das Schicksal hat ihm leider nur erlaubt, eine erste, noch lückenhafte Fassung zu skizzieren. Im ganzen hatte er drei Monate, um *Severina* zu schreiben (zwei in Fiuggi und einen in Genf). Wahrscheinlich wäre es ihm nicht recht, daß seine *Severina* das Licht der Welt unvollendet erblickt; doch bei aller Unvollkommenheit kann die Veröffentlichung dieses Textes auch als Dokument für den Kampf eines Schriftstellers mit dem Tod bedeutsam sein.

Ich möchte vorausschicken, daß *Severina* in der Entwicklung des Themas, wenn auch leider nicht in der stilistischen Durchführung, ganz den Intentionen des Autors folgt. Nach seinem Tod bekam zunächst niemand außer mir das Manuskript zu Gesicht.

* Wenn er kommt, soll er uns wenigstens bei der Arbeit überraschen. – Die beiden Zitate fanden sich unter Silones Notizen zu *Severina*.

** Es handelt sich um eine gekürzte Fassung des Anhangs, den Silones Frau Darina 1981 für die italienische Ausgabe schrieb.

Erst im Sommer 1980 zeigte ich es Herrn Professor Geno Pampaloni, dem ich an dieser Stelle sehr herzlich für seinen moralischen Beistand, seine Ratschläge und vor allem für die kritische Lektüre des Manuskripts danken möchte.

Mit der Figur der Severina und dem *romanzetto*, dem »Romänchen«, wie er es nannte, beschäftigte sich Silone schon seit einigen Jahren, aber eine unvermutete, schwere Krankheit lähmte seine schöpferische Kraft. Im Frühjahr 1977 kam es zu einer Krise, die zum Tod zu führen schien, doch in letzter Minute wurde ein Entgiftungsversuch unternommen, der, fast ein Wunder, eine Heilung bewirkte – wenigstens schien es so. Anfang Juni fuhr Silone zu einem langen Erholungsaufenthalt nach Fiuggi, in das Hotel, in dem er schon seit Jahren Ferien machte. Ich konnte ihn nicht begleiten, da ich, in der Annahme oder zumindest in der Hoffnung, er sei geheilt, seine Abwesenheit nützen mußte, um die kleine Wohnung, in der wir seit achtundzwanzig Jahren zur Miete wohnten und in der er nie auch nur die geringste Veränderung gewünscht hatte, endlich einmal neu streichen, tapezieren und herrichten zu lassen – kurz, zu versuchen, sie wieder bewohnbar zu machen.

Ich rief ihn jeden Tag an, und sonntags fuhr ich mit dem Bummelzug oder dem Omnibus zu ihm, brachte ihm die Post und Nachrichten von Freunden und Bekannten. Am ersten Sonntag empfing er mich mit einem seltenen, glücklichen Lächeln:

»Weißt du, daß ich angefangen habe, den Roman zu schreiben? Es wird mein letzter Roman sein, eine kurze Sache, aber ich muß ihn schreiben.«

»Warum der letzte?« wollte ich wissen.

»Ich habe keine Romane mehr in mir. Danach schreibe ich andere Dinge. Aber im Moment denke ich nur an das Romänchen.«

Und dann erzählte er mir, daß es darin um eine moderne, ja revolutionäre Nonne gehe, die mit ihrer Berufung in eine Krise gerät und sich mit den Problemen des heutigen Italien auseinandersetzt: Arbeitslosigkeit, Demonstrationen, Protestaktionen, Gewalt.

Früher hatte Silone fast nie mit mir über die Arbeit, an der er gerade saß, gesprochen, und ich hatte ihm auch fast nie Fragen gestellt. Jetzt jedoch berichtete er mir jeden Sonntag von den Fortschritten des »Romänchens«, das einige Wochen lang ohne Titel blieb. Ich erinnere mich nicht mehr, wann der Titel: *Die Hoffnung der Schwester Severina* zum erstenmal auftauchte, doch von Anfang an hatte er mir erzählt, daß Severina nicht *glaube*, sondern *hoffe*. Die Schlußszene des Romans mit Schwester Gemma am Totenbett und Severinas letzten Worten muß er fast als erstes geschrieben haben, so sicher war er sich darin.

Sonntag für Sonntag erzählte er mir Neues über die Entwicklung der Krise Severinas, der Situation Don Gabrieles, und schließlich schilderte er mir die Episode auf dem Platz von Civitella, die Ermordung eines jungen Arbeiters namens Renato und Severinas Zeugenaussage, die den Ausschlag für ihren Austritt aus dem Kloster gibt. Ich hörte ihm aufmerksam zu, ohne Kommentare abzugeben. Als ich jedoch einmal gegen eine (von Silone dann nicht weiter ausgeführte) Szene etwas einzuwenden hatte, war er verstimmt, und für den Rest seines Aufenthalts in Fiuggi (bis Anfang Oktober 1977) redete er mit mir nicht mehr über das »Romänchen«.

In Wirklichkeit, glaube ich, gab es damals nichts mehr zu erzählen, denn er hatte aufgehört zu schreiben. Schon im Juli hatten wir das Wiederaufflammen einer Infektion bei ihm festgestellt, die den angeblichen Heilerfolg stark in Frage stellte. Wieder wurden Ärzte konsultiert, gab es Untersuchungen, Injektionen, Antibiotika und so weiter, doch ohne Erfolg.

Das Hotel wollte Ende September gerade schließen, als Silone eine Lungenentzündung bekam. Er wurde von der Hotelbesitzerin und von verschiedenen Ärzten gepflegt, doch ohne mein Wissen hatte er sich bereits Monate zuvor verpflichtet, im Oktober an einer Diskussionsrunde im Fernsehen über den sechzigsten Jahrestag der Russischen Revolution teilzunehmen. Ich benachrichtigte das Fernsehen zwar, daß er krank sei, doch Silone bestand trotz noch nicht ganz ausgeheilter Lungenentzündung und der Infektion, die immer alarmierendere Formen annahm, eigensinnig auf einer Rückkehr nach Rom für den 12. Oktober.

Unnötig zu sagen, daß er die Veränderungen in der Wohnung überhaupt nicht bemerkte. Er schaute keine Zeitung an, öffnete keine Post und schlief fast den ganzen Tag. Sein einziger Gedanke war, so rasch wie möglich in die Klinik zu kommen, um »die Infektion auszuheilen«. Ich fragte ihn, was für Bücher er mitnehmen wolle, aber er nahm nur das Material von *Severina* mit. »Sobald es mir bessergeht, fange ich wieder damit an«, sagte er.

Es war ausgemacht, daß er eine Woche in der Klinik bleiben sollte. Statt dessen blieb er zwei Monate, unfähig zu lesen oder zu schreiben. Er wurde am 22. Dezember 1977 entlassen, gerade rechtzeitig zu seinem letzten Weihnachten. Seine engsten Freunde wollten mit ihm feiern, aber er erkannte sie nicht einmal.

Ich warf alle seine Medizinen weg, und eine Woche später, am Silvesterabend, fühlte er sich besser; er erkannte seine Freunde wieder und konnte sich mit ihnen unterhalten. Die Krankheit war aber nicht geheilt. Er wurde sich dessen bewußt und litt daran in stummer Verzweiflung. Seit fast einem Jahr kämpfte ich darum, ihn nach Genf zu bringen, zu einem Arzt, zu dem ich großes Vertrauen hatte; endlich, am 20. März 1978, gelang es mir, Silone zur Abreise zu überreden.

In all diesen Monaten hatte er sich nie von *Severina* getrennt, aber abgesehen von ein paar kleinen, vergeblichen Versuchen, zu »revidieren« oder zu »korrigieren« und vielleicht, in den besten Augenblicken, sich Notizen zu machen, war es ihm seit August 1977 nicht mehr gelungen, auch nur eine Seite zu schreiben. Er hat sich jedoch sicherlich, im Rahmen des Möglichen, weiter damit beschäftigt, denn drei oder vier Tage nach unserer Ankunft in Genf sah ich ihn verändert, lächelnd. Er schrieb in jedem freien Augenblick, suchte in seinen Notizen, zerschnitt Seiten und klebte Zusätze an, alles in großer Eile, als ob er keine Zeit zu verlieren hätte. Und tatsächlich blieb ihm für *Severina* nur noch ein Monat.
Am 27. April überfiel in ein allgemeines Unwohlsein, das er sich nicht zu erklären wußte. Etwa um sechs Uhr abends erlitt er einen leichten Gehirnschlag. Er wurde sofort behandelt, und eine halbe Stunde später sah er wieder gut aus und fühlte sich besser. Geistig wirkte er sogar klarer und frischer denn je. Die einzige Störung, die nicht sofort verschwand, war die Agraphie, die Unfähigkeit, einzelne Buchstaben oder zusammenhängende Wörter richtig zu schreiben. Am 30. April, drei Tage nach dem Schlaganfall, sagte er mir, er habe die Arbeit an *Severina* wiederaufgenommen, und ich sah ihn von neuem schneiden und kleben.
Während all dieser Wochen verfolgten wir gemeinsam mit Schrecken und Abscheu die tragischen Ereignisse um Aldo Moro. Im Mai brachte das französische Fernsehen einen vierteiligen Rückblick auf die Ereignisse des Mai 68 in Paris. Es kamen dabei bedeutende französische Intellektuelle, Schriftsteller und Philosophen, zu Wort. Silone, dem nichts entging, gab mir oft Erklärungen, wenn ich etwas nicht verstand. Wir sahen auch die vier Fortsetzungen eines Films über den Prozeß gegen Zola wegen seines *J'accuse* (den Kampf Zolas und seiner Freunde, die Wahrheit in der »Dreyfus-Affäre« ans Licht zu bringen). Die Schauspieler

waren sehr gut ausgewählt oder geschminkt, jedenfalls sahen sie den historischen Figuren, die sie verkörperten, äußerst ähnlich, und ich erinnere mich, daß Silone einmal lächelnd und mit strahlendem Blick rief: *»Voilà Jaurès!«* Jean Jaurès, der große französische Sozialist und Pazifist, war ein Held seiner Jugend gewesen.

Ich erzähle diese Dinge nur, um zu zeigen, wie klar Silones Geist in diesem Frühjahr 1978 war.

Ende Mai mußte ich zur Lösung verschiedener Probleme, die mit unserer damaligen Situation zusammenhingen, nach Rom fahren und zwei Monate dort bleiben. Ich telefonierte jeden Tag mit Silone, und oft fragte ich ihn nach *Severina*. Zuerst sagte er mir, daß er sie mit meiner Hilfe (ich hatte keine Ahnung, wie er sich das vorstellte) bald beenden wolle; dann, im Juli, begann er, mir ausweichend zu antworten. Als ich schließlich nach Genf zurückkehrte, fand ich Silone dem Aussehen nach wesentlich gebessert, aber ein wenig melancholisch und mutlos.

»Und *Severina*?« fragte ich.

»Oh, ich bin fast damit fertig. Ich gehe sie gerade noch einmal durch.«

»Darf ich sehen, was du geschrieben hast?«

»Es liegt dort, in der Schublade.«

Beim Überfliegen der Seiten stellte ich ihm Fragen, die er mir völlig klar beantwortete.

Zu seinem Verleger, zu mir, zu fast allen Freunden, die ihn im Sommer 1978 besuchten, sagte er das gleiche: daß *Severina* praktisch fertig sei. Alle waren wir mehr oder weniger davon überzeugt, da er selbst davon überzeugt war. Er konnte von dem Roman erzählen, darüber diskutieren, aber er konnte ihn nicht mehr zu Papier bringen.

Als ich am Freitag, dem 18. August, um sieben Uhr früh zu ihm kam, um ihm guten Morgen zu sagen, fand ich ihn wach und bereits fröhlich mit Notizen und Blättern beschäftigt. Nach dem Mittagessen wollte er nicht einmal seine kurze Siesta halten. Er habe diese Nacht genug geschlafen, sagte er; er hatte es eilig, zu seinem Manuskript zurückzukehren. Nach dem Tee (um 14 Uhr, entsprechend dem Krankenhaus-Stundenplan) erinnerte ich ihn daran, daß es Zeit für den Spaziergang sei. Es war ein wunderschöner Tag, aber zum erstenmal wollte er nicht hinaus.

»Heute habe ich keine Zeit«, sagte er. »Ich muß die *Severina* fertigkorrigieren.«

Der Nachmittag verging. Gegen fünf Uhr etwa sah ich, wie Silone das Manuskript beiseite legte, ein paar neue Blätter nahm, nachdachte und dann anfing, rasch zu schreiben; er hielt wieder inne und schrieb dann mit noch größerer Eile weiter, während sich sein Gesicht immer freudiger erhellte, als ob er sich in einem Zustand der Ekstase befände. Er schrieb mehrere Seiten voll, immer rascher und mit einem Ausdruck der Verklärung, den ich nie vergessen werde.

Pünktlich um sechs Uhr brachte ihm das Hausmädchen das Abendessen.

»Ich habe überhaupt keine Lust, etwas zu essen«, sagte er, offensichtlich verärgert über die Unterbrechung, aber in Genf war er für gewöhnlich ein braver Patient, und so fügte er sich auch jetzt der Routine. Er legte die Blätter beiseite, stand aus dem Sessel auf und setzte sich auf den Bettrand vor den Teewagen mit dem Tablett.

Nach einer Weile schob er plötzlich mit äußerster Vorsicht den Teewagen von sich weg, wobei er ihn ein wenig anhob, um nicht an die Fernsehschnur zu kommen. Ich begriff nicht. »Brauchst du was? Soll ich dir helfen?« Er sagte nichts. Mit großer Konzentration und darauf achtend, daß er nichts umstoße, vollführte er eine Drehung um neunzig Grad und setzte sich wieder aufrecht in den Lehnstuhl. Ich sah ihm starr zu. Es war, als ob er ein feierliches Ritual voll-

ziehe. Laut und deutlich, die einzelnen Worte genau betonend, sagte er plötzlich: *»Maintenant c'est fini. Tout est fini. Je meurs«*, legte die Hände an die Schläfen und stöhnte ein paarmal auf. Dann schloß er die Augen und sackte im Sessel zusammen. Ich rief ihn verzweifelt, aber er reagierte nicht. Ungläubig mußte ich seinen Worten glauben.
Ignazio Silone war es mit äußerster Anstrengung gelungen, seinen Wunsch zu verwirklichen: mit Würde und bewußt zu sterben.

Nach dem Gehirnschlag am 18. August, der seinem bewußten Leben ein Ende bereitete, verfiel er in ein tiefes Koma. Er schien in einem ruhigen, friedlichen Schlaf zu liegen. Ein einziges Mal öffnete er die Augen und sah seinen Arzt an, der ihn beim Namen rief. Um 4.15 Uhr am 22. August 1978 hörte sein Herz zu schlagen auf. Eingedenk eines Versprechens, das ich ihm viele Jahre zuvor gegeben hatte, betete ich neben seiner Leiche ein Vaterunser.

Nach seinem Tod packte ich seine ganzen Papiere zusammen, ohne sie anzusehen, und verschloß sie in seiner Aktentasche. Als ich sie im Juni 1979 wieder öffnete, fand ich das Manuskript *Severina*. Es war alles, bis zu den letzten Worten des letzten Kapitels, vorhanden, wenn auch die Fassung leider noch keineswegs druckreif war. Es gab Lücken, die sich jedoch mit Hilfe der vielen vorhandenen Notizen ausfüllen ließen. Außerdem fand ich all die traurigen, fast unentzifferbaren Seiten, die unmittelbar nach dem 27. April 1978 geschrieben worden waren.
Die ersten drei Kapitel waren bereits getippt und enthielten einige handschriftliche Korrekturen, aber nicht viele. Alles übrige war von Hand geschrieben (zum Teil noch in Fiuggi, vor allem aber in dem ersten Monat in Genf) und ebenfalls mit Korrekturen versehen.

Kapitel 4 war unvollständig. In der Mappe befanden sich jedoch, gebündelt oder verstreut, viele Notizen, die über den geplanten Inhalt Auskunft gaben.

Kapitel 5 ist genau so geblieben, wie er es geschrieben hat.

Kapitel 6 war so lang, daß ich es in drei teilen mußte, einerseits, um es der Durchschnittslänge der übrigen Kapitel anzupassen, andererseits, weil es sich in Wirklichkeit aus drei verschiedenen Teilen zusammensetzte (der letzte unvollendet), die nun zu den Kapiteln 6, 7 und 8 wurden.

Kapitel 9 (über das »Istituto Bellavista«) hatte Silone bereits 1975 als eigene Erzählung in der ersten Person geschrieben. Er arbeitete sie 1977 in Fiuggi für *Severina* um.

Kapitel 10 wurde von Silone fast ganz zu Ende geschrieben; für den Schluß hinterließ er genügend Notizen.

Die letzten beiden Kapitel konnte er nicht mehr zusammenhängend zu Papier bringen, doch fanden sich auch hier zahlreiche einzelne Passagen, diverse Bündel mit Notizen und verschiedene verstreute Anmerkungen, aus denen der Gang der Handlung klar hervorging; man brauchte nur das Ganze zu ordnen und ein paar Sätze einzufügen, damit die Erzählung »lief«. Die letzten Zeilen hat der Autor jedoch, wie bereits erwähnt, klar und deutlich selbst geschrieben, wahrscheinlich schon in den ersten Wochen in Fiuggi.

et in hora mortis nostrae

[Credo] di essere spoglio d'ogni rispetto umano e d'ogni altro riguardo di opportunità, mentre dichiaro che non desidero alcuna cerimonia religiosa, né al momento della mia morte, né dopo. È una decisione triste e serena, seriamente meditata. Spero di non ferire e di non deludere alcuna persona che mi ami. Mi pare di avere espresso a varie riprese, con sincerità, tutto quello che sento di dovere a Cristo e al suo insegnamento. Riconosco che, inizialmente, mi allontanò da lui l'egoismo in tutte le sue forme, dalla vanità alla sensualità. Forse la privazione precoce della famiglia, le infermità fisiche, la fame, alcune predisposizioni naturali all'angoscia e alla disperazione, facilitarono i miei errori. Devo però a Cristo, e al suo insegnamento, di essermi ripreso, anche standone esteriormente lontano. Mi è capitato alcune volte, in circostanze penose, di mettermi in ginocchio, nella mia stanza, semplicemente, senza dire nulla, solo con un (forte) sentimento d'abbandono; un paio di volte ho recitato il Pater noster; un paio di volte ricordo di essermi fatto il segno della Croce. Ma il "ritorno" non è stato possibile, neanche dopo gli "aggiornamenti" del recente Concilio. La spiegazione ([illegible]) che ne ho dato, è sincera. Mi sembra che sulle verità cristiane essenziali si è sovrapposto nel corso dei secoli un'elaborazione teologica e liturgica d'origine ~~mondana~~ storica che le rese irriconoscibili. Il cristianesimo ufficiale è diventato un'ideologia. Solo facendo violenza su me stesso, potrei dichiarare di accettarlo; sarei in malafede.

Ignazio Silone

*et in hora mortis nostrae**

Ich ⟨glaube⟩ hoffe, von jeder menschlichen Rücksichtnahme und jedem sonstigen Opportunismus frei zu sein, während ich erkläre, daß ich keinerlei religiöse Zeremonie wünsche, weder im Augenblick meines Todes noch danach. Das ist eine traurige und zugleich unbeschwerte, ernsthaft erwogene Entscheidung. Ich hoffe, damit keinen, der mich liebt, zu verletzen und zu enttäuschen. Ich meine, daß ich wiederholt und aufrichtig all das zum Ausdruck gebracht habe, was ich meinem Empfinden nach Christus und seiner Lehre verdanke. Ich gebe zu, daß mich am Anfang der Egoismus in all seinen Formen, von der Eitelkeit bis zur Sinnlichkeit, von ihm entfernt hat. Vielleicht wurden meine Irrtümer durch den allzu frühen Verlust der Familie, die physischen Leiden, den Hunger und eine natürliche Neigung zu Angst und Verzweiflung gefördert. Ich verdanke es jedoch Christus und seiner Lehre, daß ich mich wieder gefaßt habe, auch wenn ich äußerlich fern von ihm stand. Mir ist es einige Male passiert, daß ich mich in schmerzlichen Situationen in meinem Zimmer auf die Knie warf, einfach nur so, ohne etwas zu sagen, lediglich mit einem ⟨starken⟩ Gefühl der Hingabe; ein paarmal habe ich das Vaterunser gebetet; ein paarmal, erinnere ich mich, habe ich das Kreuzzeichen gemacht. Aber die »Rückkehr« war nicht möglich, auch nicht nach den »Modernisierungen« des jüngsten Konzils. Die Erklärung über die versäumte Rückkehr, die ich gegeben habe, ist aufrichtig. Mir scheint, daß sich im Lauf der Jahrhunderte über die grundlegenden christlichen Wahrheiten ein theologisches und liturgisches Gespinst historischen Ursprungs gelegt hat, das sie bis zur Unkenntlichkeit entstellt. Das offizielle Christentum ist zu einer Ideologie geworden. Nur wenn ich mir selber Gewalt antäte, könnte ich behaupten, es zu akzeptieren; aber das wäre wider besseres Wissen.

Ignazio Silone

* und in der Stunde unseres Todes (Schlußworte des Ave-Maria)

Dieses handschriftliche Dokument Silones geht, der Schrift nach zu schließen, auf die Zeit zwischen 1963 und 1966 zurück. Ich habe es im April 1977 in seinem Schreibtisch gefunden, als die Ärzte ihn praktisch aufgegeben hatten. Das Schriftstück lag in einem an mich adressierten Umschlag, zusammen mit einem anderen, viele Jahre früher (dem vergilbten Papier und der Handschrift nach zu urteilen) geschriebenen Blatt, auf dem Silone Angaben machte, wo er begraben sein wollte:

Auf einer alten, aus einer französischen Illustrierten ausgeschnittenen Fotografie des Kampanile von San Berardo zeichnete er das Grab ein, wie er es sich vorstellte. Daneben schrieb er:

»So würde ich gern begraben werden, zu Füßen des alten Kampanile von San Berardo in Pescina, mit einem Eisenkreuz, das an der Mauer lehnt, und dem Blick auf den Fucino in der Ferne.«

Die Gemeinde Pescina hat Silone – im Rahmen des Möglichen – seinen letzten Willen erfüllt. Seine Asche wurde, wie er es sich gewünscht hatte, »zu Füßen des alten Kampanile« und mit »dem Blick auf den Fucino« bestattet. Die Kirche des hl. Berardo, des Schutzpatrons von Pescina dei Marsi, überragte früher das Dorf, bevor sie durch das Erdbeben von 1915 völlig zusammenstürzte. Nur der Kampanile blieb stehen.

Die genaue, von Silone markierte Stelle existiert nicht mehr; sie ist ebenfalls schon vor längerer Zeit eingefallen. Da sich der Kampanile in erdbebengefährdetem Gebiet befindet, wurden Ingenieursarbeiten nötig, um die Errichtung der Grabstätte möglichst nahe der von Silone bezeichneten Stelle am Fuß des Kampanile ausheben zu können. Wenn seine letzte Ruhestätte auch größer und imposanter ausgefallen ist, als das bescheidene Grab, das er sich vorgestellt hatte, so glaube ich doch, daß sie ihm nicht mißfallen würde.

Das Grab trägt keine Inschrift. Es ist aus Felsblöcken der umliegenden Berge errichtet, von Wegen und Stufen umgeben, an denen entlang bereits Zypressen und Pinien wachsen; es ist zum Ziel für Studentenpilgerfahrten und Familienspaziergänge geworden, zum Treffpunkt für Verliebte, zum Spielplatz für Kinder. Ich glaube wirklich, daß es ihm gefallen würde.

*Darina Silone, Rom 1981*

Ignazio Silone
Wein und Brot

Roman
Titel der Originalausgabe: *Vino e Pane*
Aus dem Italienischen von Hanna Dehio
KiWi 55

»Silones Roman ist ein anschauliches Lehrstück über das Wesen jeder Diktatur – und er liest sich so spannend wie jeder Polit-Thriller.« *Gisela Spies-Schlientz, Südfunk Stuttgart*

»*Wein und Brot* von Ignazio Silone gehört zu den großen politischen Bekenntnisromanen unserer Zeit. Daß man den Roman heute aktueller denn je findet, spricht für die tiefe Einsicht des Autors in die Realität des Bösen: alles das, was Millionen von Menschen hindert, im wahren Sinne menschlich zu sein. Und dafür sind wir verantwortlich.«
*Mannheimer Morgen*

Ignazio Silone
# Eine Handvoll Brombeeren

Roman
Titel der Originalausgabe: *Una manciata di more*
Aus dem Italienischen von Hanna Dehio
KiWi 80

Rocco, die Hauptfigur des Romans, hatte in den harten Jahren der Emigration der Kommunistischen Partei diszipliniert und bedingungslos für die Befreiung Italiens vom Faschismus gekämpft. Sofort nach dem Sieg wird er in seine alte Heimat, in die Dörfer der Abruzzen geschickt, um dort als Funktionär die Interessen der armen Bergbauern und Tagelöhner zu vertreten und die Politik der Partei durchzusetzen. Die Erfahrungen mit den abenteuerlichen archaisch-anarchischen Figuren in den Tälern der Abruzzen, mit dem Leben der armseligen und ausgebeuteten »Cafoni« auf den Feldern, vor allem aber seine Konfrontation mit dem Krebsgeschwür des Stalinismus führte ihn in immer größere Distanz zur Kommunistischen Partei.
*Eine Handvoll Brombeeren*, ein frühes Dokument des italienischen Neorealismus in der Literatur, ist aber nicht nur ein spannender Entwicklungsroman, sondern gleichzeitig die unsentimentale Geschichte einer großen Liebe zwischen Rocco und dem jüdischen Mädchen Stella sowie ein spannend erzählter politischer Thriller.

KiWi
Paperbacks
bei Kiepenheuer
& Witsch

# Ignazio Silone
# Fontamara

Roman
Titel der Originalausgabe: *Fontamara*
Aus dem Italienischen von Hanna Dehio
KiWi 447

In seinem ersten Roman beschreibt Ignazio Silone auf eindringliche Weise das Leben in seiner Heimat, den Abruzzen, zur Zeit des Faschismus und den Widerstand der Menschen dort gegen das Mussolini-Regime.

KiWi Paperbacks bei Kiepenheuer & Witsch

## Ignazio Silone
## Der Samen unter dem Schnee

Roman
Titel der Originalausgabe: *Il seme sotto la neve*
Aus dem Italienischen von Hanna Dehio
KiWi 326

Ignazio Silone erzählt in seinem faszinierenden, episodenreichen Roman die Geschichte von Pietro Spina, der zur Zeit des Faschismus nach Jahren im Untergrund heimlich in seine Heimat zurückkehrt. In einer Welt von Duckmäusern und Scheinheiligen, Opportunisten und feigen Spießern bleibt Spina weiterhin auf der Flucht, gibt aber seinen Kampf für Freiheit und Gerechtigkeit nicht auf.

»In seiner gedanklichen Tiefe und ethischen Intensität gehört *Der Samen unter dem Schnee* zu den schönsten Texten, die dieser ›Christ ohne Kirche und Sozialist ohne Partei‹ hinterlassen hat.« *Ute Stempel, Süddeutsche Zeitung*

KiWi Paperbacks bei Kiepenheuer & Witsch

# Ignazio Silone
# Der Fuchs und die Kamelie

Roman
Titel der Originalausgabe: *La Volpe e le Camelie*
Aus dem Italienischen von Hanna Dehio

Die 30er Jahre. Eine Schweizer Kleinstadt im Tessin. Die Grenze zum Italiens Mussolinis ist nicht weit. Daniele, der Besitzer eines kleinen Landguts, führt ein gefährliches Doppelleben. Einesteils ist er Bauer und Familienvater, andernteils beteiligt er sich im Untergrund am Kampf gegen den Faschismus jenseits der Grenze – ein gefährliches Unternehmen, da der italienische Geheimdienst in der offiziell neutralen Schweiz wirkungsvolle Arme hat.

KiWi
Paperbacks
bei Kiepenheuer
& Witsch

Ignazio Silone
Notausgang

Mit einem Vorwort von Franca Magnani
Titel der Originalausgabe: *Uscita di sicurezza*
Aus dem Italienischen von Hanna Dehio
KiWi 241

*Notausgang* ist Silones literarische Autobiographie in Einzelausschnitten: die Kindheit in einem Bergnest der Abruzzen, der politische Lebensweg, die Begegnungen mit Stalin, Trotzki und Togliatti, das Exil in der Schweiz, die Rückkehr nach Italien, die Nachkriegsgesellschaft und der Kalte Krieg.

KiWi Paperbacks bei Kiepenheuer & Witsch